RENAISSANCE
VERLAG MARBURG

JOLANTA LIESER

# DAS MAGISCHE FENSTER IM BILD

RENAISSANCE
VERLAG MARBURG

**Bibliographische Information der Deutschen Nationalbibliothek**
Die Deutsche Nationalbibliothek verzeichnet diese Publikation in der Deutschen Nationalbiographie; detaillierte bibliographische Daten sind im Internet über http://dnb.d-nb.de abrufbar.

**In neuer Rechtschreibung**


Solmserstr. 21 * 35578 Wetzlar
info@renaissance-verlag.de
www.renaissance-verlag.de
Redaktion: Carsten S. Leimbach (m.a.)
Readkation: Carsten s. Leimbach
Lektorat: Daniel Schneider (Jennifer Rößler)
Bildmotive: Brigitte Marx (www.kunststudiomarx.de)
Umschlaggestaltung: David Estepp
Made in Germany
ISBN: 978-3-939442-93-6

# Inhalt

# I Der Strand ohne Meer

# 1 Der Tulpenzwerg

Es war Freitag und der letzte Schultag vor den Osterferien. „Langweilige Tage stehen vor der Tür“, dachte Kaya Pintipas jedes Mal, wenn die Ferien begannen. Sie war die Einzige in ihrer Klasse, die keine Geschwister hatte und darüber hinaus liebend gerne in die Schule ging. Und sie war mit größter Wahrscheinlichkeit die Erste auf der Welt, die Ferien hasste, weil ihre Eltern keine Zeit für sie hatten.

Schlecht gelaunt marschierte Kaya an jenem Tag nach Hause. Kein Stein, der groß genug war, und auch keine Dose, die irgendwo auf ihrem Weg lag, waren vor ihr sicher. Sie schoss mit ihnen wic mit Bällen. Währenddessen fragte sie sich, wie sie ohne ihre Freunde, die mit ihren Familien in die Ferien fuhren, die zwei Wochen überstehen könnte, aber ihr fiel nichts ein.

Kaum dass die grüne Haustür des Einfamilienhauses hinter Kaya zufiel, schmiss sie mit voller Wut ihren roten Ranzen und die nasse Regenjacke in die Ecke und lief, wie ein geölter Blitz, in ihr Zimmer. Wie ein Kegel warf sich Kaya aufs Bett, das links von ihrem Schreibtisch stand. Sie drückte das Gesicht fest in ein gelbes Pferdekissen, ballte wütend die Fäuste zusammen und versuchte, die Tränen zu unterdrücken. Plötzlich fiel Kaya ein

Spruch ihres Vaters ein. *„Ferien sind die schönsten Tage der Kindheit, Kaya. Vergiss es nicht, Kind."* Beschämt sprang Kaya, zerzaust wie sie war, sogleich vom Bett auf, wischte sich die restlichen Tränen aus dem roten Gesicht und verließ das Zimmer. Mit hängenden Schultern und gesenktem Kopf schlenderte sie mit langer Schnute traurig durchs Haus. Mehr zufällig als mit Absicht fiel ihr Blick auf eine Wand, an der am Morgen nichts hing, und jetzt war dort ein Bild über dem gemütlichsten Sofa im Wohnzimmer aufgehängt worden. Gelangweilt kniete sich das Mädchen auf das weiße Sofa, legte die Arme oben auf die Rückenlehne, stützte ihr rundes Kinn darauf ab und richtete die Augen auf das Bild. So hockte sie da ein paar Minuten lang. Sie verstand nicht, was ihre Mutter an diesem Bild fand. Es zeigte ein geschlossenes Fenster mit grünem Rahmen, einen nebligen Ausblick, ein paar Bäume, blühende Rosensträucher, einen leeren Rosenbogen, und vor dem geschlossenen Fenster, auf der Fensterbank, stand ein grauer Blumentopf, in dem sich lauter weiß-rot gestreifte Tulpen befanden. Wie hypnotisiert starrte Kaya auf das Gemälde. Plötzlich zuckte sie zusammen. Im Bild bewegte sich etwas. Erschrocken sprang Kaya vom Sofa auf, lief in die hinterste Ecke des Wohnzimmers und versteckte sich hinter einem gelb karierten Ohrensessel.

„Was war denn das?", fragte sich Kaya mit gedämpfter Stimme. Ihr Atem wurde schneller. Sie drückte sich noch fester gegen den Sessel.

„Was war was? Ich war das“, antwortete eine glockenähnliche Stimme. „Komm näher, Menschenkind, komm näher.“

Das Mädchen saß wie festgeklebt mit offenem Mund und weit aufgerissenen Augen hinter dem Möbelstück. Seltsame Gedanken krabbelten in ihrem Kopf herum.

„Träume ich? Oder habe ich die gleiche Plemplem-Krankheit wie Tante Agatha?“ Fragen über Fragen überkamen sie, doch sie hatte keine Antwort darauf. Sie schüttelte den Kopf wie ein nasser Hund und sagte laut: „Ich bin nicht ver-rü-ckt!“

Sie zwickte sich vorsichtshalber zweimal in den Unterarm, bevor sie langsam den Kopf aus ihrem Versteck herausstreckte, und warf neugierig einen kurzen Blick auf das Bild. Doch sie konnte nichts Außergewöhnliches feststellen. Alles war wie immer – das Bild war bloß ein stummes Ding. Das war nur eine Einbildung, dachte Kaya und lachte im Stillen. Sie stand auf und kroch aus ihrer Ecke heraus. Sie ging auf das Gemälde zu, stellte sich vor das weiße Sofa und starrte wieder darauf, wie hypnotisiert.

„Na, du?“ Wieder kam eine Stimme aus dem Bild.

„Aaaa! Aaaaa!“, schrie Kaya wie am Spieß und lief panisch aus dem Wohnzimmer heraus.

„Nicht doch“, rief es sanft. „Komm zurück.“

Kaya stand zitternd im Korridor, kaute nervös auf den Lippen und quetschte die Hände, bis sie weh taten.

„Menschenkind, bist du noch da?", kam es aus dem Bild. „Ich, ich bin ein Tulpenzwerg und heiße auch so. Und wie heißt du, mein Kind?", versuchte die Stimme noch einmal Kontakt aufzunehmen.

Doch Kaya konnte kein Wort herausbringen. Ihre Lippen waren wie zugeschnürt. Es dauerte einen Augenblick, bis Kaya eine Antwort geben konnte.

„Mein Name ist Kaya", rief sie der Stimme stotternd aus dem Flur zu. „Aber ... aber wie ist das möglich?" Kaya schielte um die Ecke und warf ein Auge auf das Bild. Sie war sich absolut unsicher, ob sie das Wohnzimmer betreten sollte. Andererseits sagte etwas in ihr: „Geh. Sei kein Hasenfuß. Hast nichts zu verlieren."

Und so gab sich Kaya einen Ruck, betrat mit kleinen Schritten das blaue Familienzimmer und richtete ihren skeptischen Blick auf das Gemälde. Der Zwerg machte gerade einen Rundgang um den Tulpentopf, blieb nach einer Runde stehen, schaute Kaya direkt in ihre dunklen, großen Augen und antwortete auf ihre zuvor gestellte Frage:

„Oh, ganz einfach. Das Bild ist kein gewöhnliches Bild. Es ist das magische Fenster, das dich in ein Abenteuerland bringen kann, aber nur, wenn du es dir ganz fest wünschst."

Überraschend ging das Fenster im Bild mit einem leisen Quietschen auf und ein heller, warmer Sonnenstrahl berührte das Gesicht des Mädchens. Der Strahl entlockte ihr ein Lächeln und das Gesicht erhellte sich.

„Und du bist wirklich ein echter Zwerg?", fragte Kaya mit zugekniffenen Augen. Ihre Neugier war riesig, der Zwerg nickte, sagte jedoch nichts dazu und wechselte das Thema.

„Ich sehe, du hast nichts zu tun, und ich glaube, es ist öfter so. Habe ich recht?"

Kaya schaute ganz verlegen nach unten. „Na ja. Was soll ich machen? Es ist alles sooo langweilig."

„Warum ist alles sooo langweilig? Kannst du mir das verraten?"

„Ich habe jetzt zwei Wochen Osterferien und alle meine Freunde fahren weg. Und ich muss zu Hause bleiben. Alleinespielen macht bekanntlich keinen Spaß, oder?" Kaya schnaubte laut durch die Nase. „Und wenn keine Ferien sind, ist es genauso langweilig, weil wenn ich nach der Schule nach Hause komme, dann ist keiner da, bloß ein Zettel, der auf dem Küchentisch liegt und mit mir spricht. Und das finde ich total doof!"

Kaya drehte den Kopf nach links und blickte aus dem Wohnzimmerfenster auf die nasse Straße. Ihre Augen füllten sich mit Tränen, die sie ganz schnell mit ihrem blauen Pulli trocken wischte. Doch bevor sie den Kopf zum Bild drehte, schaute sie sich kurz den Tulpenzwerg aus dem Augenwinkel an. Sie wollte auf keinen Fall, dass er sie für eine Memme hielt, doch auch er fühlte wie sie.

„Kaya, Kind. Wie schon am Anfang erwähnt, ich hätte da etwas für dich. Ein Abenteuer, aber nur wenn du es willst – doch es ist auch ein Abenteuer mit vielen Gefahren."

„Wieso nicht?", wollte Kaya im ersten Moment schon antworten, ohne weiter darüber nachzudenken, was der Zwerg eigentlich genau gesagt hatte. Denn ein Abenteuer wäre auf jeden Fall besser als gähnende Langeweile.

Gedankenversunken richtete sie ihren Blick auf ihn. Erst jetzt fiel ihr auf, dass er seltsam aussah. Seine roten, pummeligen Apfelbäckchen glänzten wie frisch poliert. Den dünnen Hals schmückte eine grün leuchtende Kugel, die hin und her baumelte, wenn er sich bewegte. Und seine Kleidung, die war bunt gestreift und von Kopf bis Fuß aus einem Guss, wie bei einem Strampelanzug. Beinahe hätte Kaya seine walnussgroßen, blauen, spitzen Schuhe übersehen, weil seine rote Zipfelmütze, an deren Ende eine rote Tulpe hing, sie ganz ablenkte. Im Großen und Ganzen sah er ganz sympathisch aus, doch sein weißer Bart, der sich ein- und wieder ausrollte, wenn er sprach, der ließ ihn ein wenig drollig wirken.

Der Tulpenzwerg lenkte Kaya so sehr mit seinem Aussehen ab, dass sie nicht bemerkte, dass er ein kleines, silbernes Fläschchen aus der Tasche nahm und es ihr mit einer eleganten Handbewegung reichte.

„Schlürfe den Zaubersaft leer, dann vergisst du deine Langeweile und kannst zu uns."

Kaya zögerte. Skeptisch dachte sie über all das nach, was ihr der Zwerg erzählt hatte. Dinge, die passierten, nur weil man es sich ganz doll wünschte? Wo gab es denn so was? Außerdem lief der Zwerg in einem BILD hin und her! So etwas gab es doch nur im Märchen! Und viele Gefahren klang ziemlich gefährlich.

„Kann mir denn etwas Schlimmes passieren?“ Der Tulpenzwerg lächelte sie an: „Nun, ich kann nicht leugnen, dass das Abenteuer nicht völlig ungefährlich ist, aber das sind Abenteuer doch nie, oder? Du bist ein kluges, tapferes Mädchen, Kaya. Wenn du auf ein Problem stößt, wird dir sicherlich immer eine Lösung einfallen.

Kayas Zweifel waren noch nicht ganz verflogen, doch ihre Neugier überwog. Bestärkt von der Aufrichtigkeit des Zwerges, ließ sie sich kein zweites Mal bitten und nahm ohne ein weiteres Wort das Fläschchen entgegen.

Sogleich hörte sie eine leise, schräge Stimme sagen: „Lass es dir schmecken, Kaya, und schlürfe so laut, wie du kannst!“ Sie schaute sich um. „Schlürfe mich leer“, sagte die dünne Stimme noch einmal energisch.

„Das ist aber merkwürdig ... Wie auch immer.“ Sie schlürfte den Inhalt des Fläschchens leer und fand sich unerwartet auf der Fensterbank im Bild wieder.

„Wo ... wo bin ich?“ Kaya war ganz von den Socken und schaute neugierig von links nach rechts.

„Willkommen in unserer Welt, Kaya. In der magischen Welt.“

„Wirklich?“ Sie lehnte sich aus dem Bild heraus und schaute von einer Ecke des Wohnzimmers in die andere.

„Ich bin wirklich im Bild“, sagte sie immer wieder laut und grinste dabei. „Das wird mir keiner glauben!“ Sie schüttelte den Kopf.

In jenem Augenblick sprangen mit Karacho aus den Tulpenkelchen mehrere Zwerge heraus. Kaya drehte sich neugierig um. Die Winzlinge liefen direkt auf sie zu, stellten sich vor ihr in einer Reihe auf und starrten sie mit großen Augen an, ohne ein Wort zu sagen. Und Kaya? Sie stand da wie angewurzelt, mit roten Bäckchen und stumm wie ein Fisch. Der Tulpenzwerg stiefelte sogleich auf die kleine Versammlung zu, stampfte kräftig mit dem rechten Fuß, und Kaya kam wieder zu sich. Im Anschluss daran schaute sie sich kritisch mit zusammengezogenen Augenbrauen ihr zitronengelbes Kleid an, das sie mit einem Mal anhatte. Und mit einer gymnastischen Halsverrenkung musterte sie die Flügel, die auf ihrem Rücken saßen. Die anhaltende Stille unterbrach der Tulpenzwerg. Er hob die Hände in die Höhe und sagte feierlich:

„Hati mati, oku koku.“ Nach diesen Worten stand Kaya nicht mehr auf dem Boden, sondern befand sich in der Luft.

„Ich glaube, ich fliege!“, schrie sie, nicht aus Angst, sondern vor Begeisterung.

Auf einmal stellten sich ungefragt viele Zwerge vor.

„Ich heiße Ontolo.“

„Und ich Tanelio.“

„Ich Popoti!“

„Und mein Name ist Kaya“, rief sie ihnen zu, in der Luft schwebend.

„Nein, hier ist dein Name Uke“, sagte der Tulpenzwerg.

„Wieso?“, fragte Kaya, wie vom Donner gerührt.

„Ich finde, dass der Name sehr gut zu dir passt. Denn Uke bedeutet bei uns ‚die Große‘.“

# 2 Die Angst und die Freude

„Dann kann es jetzt losgehen, oder?“, fragte sie ungeduldig. Ein Zwerg namens Kerkila flog in die Luft. Flatternd stellte er sich vor Kaya und sagte freundlich:

„Mach die Augen zu.“

„Mach die Augen wieder auf“, hörte sie die Stimme wieder. Sie schaute sich um, doch sie war nicht mehr da, wo sie vorher war.

Sie stand auf einem gläsernen Berg, auf dem sich ein durchsichtiger Brunnen befand, in dem lauter Blumen in verschiedenen Farben und Formen im Wasser lagen und nach oben heraussprudelten wie eine Fontäne. Neugierig ging Kaya auf die Wasserquelle zu. Vorsichtig beugte sie sich über sie. Die exotischen Blumen wirkten sehr hypnotisierend auf Kaya. Die Augen fielen ihr zu und sie fiel wie ein Stein in das sonderbare Blumenwasser. Erschrocken riss sie sofort die Augen auf und versuchte mit aller Kraft aus dem Brunnen herauszukommen, doch irgendetwas hielt sich an ihr fest.

„Lass mich los! Lass mich wieder los!“, schrie sie und schlug um sich. Doch *es* ließ nicht los. Minuten vergingen. Ihre Angst kühlte ab, wie das Blumenwasser, in dem sie stand. Ihre Arme und Beine fingen langsam an, sich grün zu färben, und sie versank immer mehr in dem Blütenmeer. Doch bevor sie ganz unter dem seltsamen Wasser verschwand, sagte sie ein seltsames Wort. „AKOLAKA!"

Kaya sah mittlerweile aus wie eine grüne Meerjungfrau und bewegte sich flink wie der Blitz im Wasser. Sie schaute nicht nach links und nicht nach rechts, sie folgte nur dem Licht, das sie magisch aus der Tiefe anzog.

Nur noch eine Flossenlänge trennte Kaya von dem grellen Licht. Zappelig und außer Atem näherte sie sich dem Schimmer. Es war so weit. Kaya war angekommen. Vor ihren Augen breitete sich eine aus allen Löchern leuchtende goldene Truhe aus, auf der mit großen, schwarzen Buchstaben geschrieben stand: *Mach mich bloß nicht auf!* Doch Kaya war es egal, was darauf stand. Neugierig stürzte sie sich auf die Truhe, wollte mit aller Kraft an ihrem Deckel ziehen – da war sie auf einmal woanders. Erleichtert und mit einem Lächeln auf den Lippen schaute Kaya an sich herab. Sie war trocken, wieder sie selbst und fühlte sich, als wenn nichts geschehen wäre.

Vor ihren Füßen breitete sich diesmal eine riesige, graue, traurige Wiese aus, auf der ein seltsamer, genauso traurig aussehender Baum stand. Nach ein paar Schritten fiel ihr ein, dass sie Flügel hatte. Und kaum dachte sie daran, war sie schon da. Der seltsame Baum hatte komische Äste, die wie lange, dünne Arme bis zum Boden hingen und wie gekräuselte Schafswolle aussahen. Und seine grauen, dreieckigen Blätter sahen auch nicht viel besser aus, weil auf jedem Einzelnen von ihnen ein lustiger Satz geschrieben stand. Neugierig flog Kaya in die Baumkrone. Das Erste, was sie gelesen hatte, brachte sie so zum Lachen, dass sie nur schwer aufhören konnte.

„Wer lacht denn da so schön und froh?", fragte jemand, den man nicht sah.

„Wer ist da?"

„Ich bin es, der Herr der Blätter. O wie schön, dass mich einer besucht, o wie schön."

„Baum, bist du es, der da spricht? Und deine Blätter ..." Sie wurde unterbrochen.

„Weit und breit ist keiner da. Du bist die Erste seit langer Zeit, die mir den Mund aufmacht. Bitte, lies mir was vor."

So begann Kaya, seltsame Sätze zu lesen.

„Fee? Nee, ein Trul. Und du? Wissen bisen, tralla la, und du bist wer? Und was bin ich? ..." Der Baum lachte und lachte. Und ohne zu merken wie, war sie schon wieder woanders.

# 3 Der Strand ohne Meer

Nun breitete sich vor Kaya ein riesiger Sandstrand aus. Es war ein seltsamer Strand. Um ihn herum befand sich überhaupt kein Wasser. Doch Kaya bekam das nicht so recht mit. Sie interessierten mehr die riesengroßen ruhenden Katzen.

„Miau. Wer ist da? Ich rieche etwas, miau“, fragte eine weiße Katze eine andere.

„Miau, miau. Ich rieche, dass sich hier irgendwo ein Mensch befindet. Miau!“

Kaya hielt inne.

„Meine Nase irrt sich nie, miau. Wer bist du, Mensch?“, fragte eine weiße, flauschige Katze Kaya mit zugekniffenen blauen, mandelförmigen Augen. Der riesige Schmusekater kam Kaya ganz nahe, Nase an Nase standen die beiden. Er schnupperte an ihr wie an einem verlockenden Mahl und leckte sich das Maul dabei. Zwei andere schwarze Katzen kamen schnurrend angeschlichen, beugten sich vor Kaya und kitzelten sie dabei mit ihren langen, weißen Schnurrhaaren.

„Mein Name ist Uke“, stellte sie sich zähneklappernd vor. Sie schaute von einer Katze zur anderen, die gelangweilt die Augen verdrehten und mit einem Mal weg waren. Die riesigen Langhaarkatzen interessierten sich gar nicht mehr für sie. Erleichtert atmete Kaya tief durch. Einen Augenblick setzte sie sich auf den Boden und schaute sich von unten die triste Umgebung an, die mit weißem Sand, der fast bis zum Horizont reichte, ausgelegt war. Doch außer den Katzen und dem Strand ohne Meer war kein Baum, kein Hügel und nicht einmal der kleinste Grashalm zu sehen.

„Das ist ja langweilig. Nichts als Sand“, dachte Kaya. Andererseits, dachte sie wieder, könnte man hier tolle Schlösser bauen. Ihre Träumereien wurden durch ein leichtes Erdbeben unterbrochen. Erschrocken sprang Kaya auf die Beine und schaute sich um. Der Himmel wurde Knall auf Fall schwarz wie Pech. Das Erdbeben wurde immer stärker. Zitternd kroch das Mädchen unter eine weiß gefleckte Katze, die in ihrer Nähe stand.

„Wo ist sie? Miau!“, rief eine gewaltige Stimme, die sich wie ein kräftiger Donner anhörte. „Ich möchte mich bei Uke bedanken! Sie hat nichts und doch alles getan! Wir sind wieder frei! Miau!“ Die laute Stimme zeigte ihre Gestalt, die aus einer Nebelbank herauskam. Es war eine riesige Katze mit sehr langem, goldenem Fell. Ihre Augen leuchteten wie dunkelgrüne Smaragde und um ihren Hals baumelte an einer Kette eine runde, hellgrüne Kugel. Der schwarze Himmel wurde auf einmal tiefblau und sogar die Sonne zeigte sich und schaute den Versammelten zu. Sogleich setzte sich die goldene Katze an die Spitze der tief gebeugten Wesen und hielt Ausschau nach dem Mädchen. Kaya zitterte. Sie hatte das Bedürfnis, wegzulaufen und sich in Luft aufzulösen, doch irgendetwas sagte in ihr: „Geh. Sei mutig! Du kannst es!" Kaya kam zu sich. Sie nahm ihren ganzen Mut zusammen und krabbelte unter der Katze hervor. Langsam ging sie auf die goldene Gestalt zu, stellte sich krumm vor sie hin und sagte schüchtern:

„Hier. Hier bin ich."

„Willkommen am *Strand ohne Meer.* Du hast es gut gemacht, Uke. Du bist die, auf die wir schon seit langem gewartet haben. Ich bin es, der kleine Tulpenzwerg, doch eigentlich heiße ich Loppe und bin die Königin von Katzien." Die Katze lächelte Kaya nett an, und die andern miauten vor Freude.

„Ich habe aber ... aber doch gar nichts gemacht. Aber rein gar nichts", sagte Kaya verwundert. Sie verstand nicht, was die Königin von ihr wollte.

„So ist es aber, mein tapferes Menschenkind. Du hast einfach das Richtige getan. Durch deine Neugierde bist du zur Meerjungfrau geworden, was wichtig war, um zu der Truhe zu kommen, wo unsere Katzengestalten eingesperrt waren. Und du hast den Baum zum Lachen gebracht, der unser Lachen für sich behalten sollte – der es durch dich wieder ausgespuckt hat. Du hast den Zauber von uns allen genommen." Mit der goldenen Pfote zeigte sie auf die versammelten Katzen.

Kaya war sprachlos. Sie konnte nicht glauben, was sie hörte.

Lautlos hob Loppe den Kopf hoch, wie eine vornehme Dame, und ein warmer Windhauch zerzauste ihre goldene Katzenmähne. Die goldene Katze atmete tief ein und aus und fing an zu erzählen, in was für einem dicken Schlamassel die magische Welt steckte. Dass viele Orte dieser Welt ganz auf den Kopf gestellt wurden von etwas oder jemandem und keiner aus ihrer magischen Welt helfen konnte. Als die Königin ihre Erzählung beendete, wurde es still am *Strand ohne Meer*. Man hatte das Gefühl, als ob alle Lebewesen ihren Atem angehalten hätten. Die unheimliche Stille wurde auf einmal unterbrochen.

„Die magische Welt braucht Hilfe, Uke!", riefen viele Katzen gleichzeitig lautstark flehend aus der Menge heraus.

„Sie braucht Hilfe, sonst bleibt alles auf den Kopf gestellt. Und das Böse zerstört die ganze Willenskraft der magischen Welt! Bitte, Menschenkind, bitte hilf uns!", bettelte eine rot gepunktete Katze, die sich vor Kayas Füße warf.

Der Kreis um sie wurde immer enger und alle starrten das Mädchen erwartungsvoll an, ohne etwas zu sagen. Unzählige magische Minuten waren vergangen, bis Kaya etwas sagen konnte.

„So wie ich das jetzt verstanden habe, möchtet ihr, dass ich der magischen Welt helfe. Ich, ein kleines Menschlein. Ich bin nicht stark. Ich kann nicht zaubern. Und auch ni..." Loppe unterbrach Kaya.

„Natürlich bist du stark! Sogar sehr stark! Den ersten Zauber hast du schon unterbrochen. Du bist klug und neugierig, das ist es auch, was man braucht, um Geheimnisse zu lösen. Das, was in unserer Welt geschieht, ist wirklich geheimnisvoll und es braucht eine Kinderhand, um dieses Rätsel zu lösen. Aber du alleine entscheidest, ob du uns helfen willst."

Der Kreis wurde noch enger. Kaya fühlte sich wie ein Fisch ohne Wasser. Dutzende Augenpaare waren auf sie gerichtet und alle warteten gespannt auf ihre Antwort.

„Aber was soll ich meinen Eltern sagen? Ich kann doch nicht einfach so verschwinden", sagte sie mit einer jammervollen Stimme.

„Das ist also dein Problem", sagte Loppe lächelnd. „Du musst nicht für eine lange Zeit weg. Es reicht, wenn du sagst, dass du uns hilfst. Das, was schon verzaubert ist, läuft uns nicht mehr weg. Du kannst kommen, wann immer du willst. Immer dann, wenn du gerade Lust auf ein Abenteuer hast. Die Zeit in unserer Welt ist eine Zeit, die sehr langsam vergeht. Du wirst immer kurz vor deinen Eltern nach Hause kommen. Vielleicht ein paar Minuten früher oder ein wenig später. Aber nie länger als vier Minuten. Du brauchst also keine Angst zu haben, mein tapferes Menschenkind."

Kaya wusste nicht, was sie sagen sollte. Eigentlich konnte sie nichts sagen. Ihre Zunge war wie gelähmt. Der Sand, in dem ihre Füße steckten, fühlte sich plötzlich wie Glasscherben an. Die Katzen, die um sie herumstanden, atmeten immer schneller. Manche von ihnen schnurrten laut, andere wieder kratzten sich nervös an ihren riesigen Ohren. Und Kaya? Sie kämpfte mit aller Kraft gegen ihre Angst. Ihre Hände schwitzten, die Nase juckte.

Kaya schloss die Augen, ging in sich, ballte die Hände zu Fäusten und rief kurze Zeit später aus voller Kehle:

„Gut, ich helfe euch!" Und schon vergrößerte sich der Kreis wieder. Kaya schlug die Augen auf und schnappte nach Luft. Sie war glücklich, dass sie den Mut hatte, die schwere Aufgabe auf sich zu nehmen. Wo sie doch sonst niemals so mutig war. Und sogleich sprang und tanzte alles um sie herum, was Beine hatte. Käfer und Ameisen, Kakerlaken und Schmetterlinge. Einfach alles freute sich mit den Katzen, die genauso sprangen, tanzten und sangen.

Loppe rief die staunende Kaya zu sich, reichte ihr wieder ein Fläschchen, auf dem *„Wir danken Dir"* stand. Kaum hatte das Mädchen es mit den Lippen berührt, schon saß sie wieder im Wohnzimmer auf dem weißen Sofa.

Auf der Fensterbank im Bild war kein Tulpentopf mehr, sondern eine lächelnde Katze mit einem grasgrünen Anhänger. Doch bevor die Katze verstummte, sagte sie noch einen letzten Satz.

„Dann bis zum nächsten Mal, wann immer du es auch willst. Klopfe einfach an das Fensterbild und ich bin wieder wach." Es wurde schlagartig mucksmäuschenstill. Kaya schaute sich an. Sie war wieder groß und sah genauso aus wie vor dem Abenteuer, und sie hielt in ihren

Händen immer noch das kleine, leere Fläschchen. Sie konnte kaum glauben, was sie gerade erlebte, doch sie war sich ganz sicher, dass das WIRKLICH passiert war. Das veränderte Bild mit der goldenen Katze konnte nur Kaya sehen, und all die anderen sahen immer noch den Topf mit den rot-weiß gestreiften Tulpen.

# II

# *Der Drachenkönig und sein Volk*

# 4 Die Erdbeertotteliese

Die Ostertage verbrachte Kaya mit ihren Eltern bei ihrer weit entfernt wohnenden, alten Tante Agatha, mit der leider nicht viel anzufangen war, weil sie die ganze Zeit nur strickte, in einen Eimer spuckte wie ein Lama und dabei ständig von den guten alten Zeiten sprach. Kaya konnte es, im Gegensatz zu früher, kaum abwarten, wieder allein zu Hause zu sein. Was auch gleich nach ein paar Tagen der Fall war. Kaum dass die Eltern aus dem Haus waren, sprang Kaya aus dem Bett heraus und lief ins Wohnzimmer.

„Soll ich, oder soll ich nicht?", überlegte sie. Doch schließlich zog sie die gelben Hausschuhe aus und stieg auf das weiße Sofa, klopfte an das Fenster im Bild, aber es passierte nichts. Sie klopfte nochmal und noch einmal. Augenblicke verstrichen, doch es rührte sich immer noch nichts. Enttäuscht und mit Tränen in den Augen setzte sich Kaya mit zitternden Beinen aufs Sofa.

„Das war doch nur ein Traum! Ein blöder Traum!" Sie heulte wie eine Sirene. Wie jemand, dem man den Schokoladenpudding wegnahm. Da sich das Wohnzimmer im Erdgeschoss befand, schauten ein paar besorgte Passanten durchs Fenster hinein. Als Kaya die fremden Leute endlich wahrnahm, wischte sie sich schnell die Tränen ab, die wie ein Wasserfall liefen, ging zum Wohnzimmerfenster, machte es auf und sagte, dass das alles nur eine Übung für ein Schultheaterstück war. Jeder, der dastand, nickte bloß mit dem Kopf und sie alle zogen erleichtert wieder weiter. Und Kaya? Sie setzte sich mit lang gezogener Schnute wieder auf das Sofa. Ihre dunklen Augen waren rot und auf ihren weißen Wangen zeichneten sich rote Flecken von dem salzigen Tränenwasser. Traurig zog sie ihren blauen Lieblingspulli über die angezogenen Knie und bohrte vor lauter Enttäuschung einen Finger hinein, so dass ein dickes Loch entstand.

Ein lautes „Miau“ kam auf einmal aus dem Bild heraus. Erschrocken sprang Kaya wie von einer Tarantel gestochen vom Sofa herunter.

„Hast du geklopft, Uke?“, fragte eine verschlafene Stimme. „Ganz weit weg habe ich etwas gehört, ich weiß jedoch nicht, was. Ich habe sooo fest und sooo gut geschlafen. Du musst wissen, wenn ich tief schlafe, kriegen mich keine zehn Mäuse wach.“

„Dann war das doch kein Traum! Hurra!“ Kaya hüpfte und klatschte vor Freude in die Hände. „Hallo Loppe“, rief sie fröhlich, als ob es die letzten Minuten nie gegeben hätte. „Können wir?“, kam sie gleich zur Sache.

„Ach ja, es ist Zeit. Zeit für ein neues Abenteuer“, sagte die goldene Katze gähnend. Sie streckte ihre haarige Pfote aus dem Bild heraus und reichte Kaya ein Fläschchen.

„Trink, dann kann es sogleich losgehen“, sagte sie noch.

Ohne zu überlegen schraubte das Mädchen aufgeregt das kleine Fläschchen auf und trank. Es ging wieder alles ganz rasch. Augenblicklich stand sie neben der flauschigen Katze auf der Fensterbank im Bild, und erneut sah sie anders aus. Diesmal hatte sie ein himmelblaues, knielanges Kleid an, das mit vielen weißen Schleifchen verziert war. Nur die Flügel waren diesmal nicht dabei.

„Na, kleines Mädchen, gefällst du dir?"

„Ja!", kam aus ihr herausgesprudelt, „das Kleid ist wunderschön." Sie redete und drehte sich dabei im Kreise herum wie eine Ballerina. In der Zwischenzeit öffnete Loppe leise das Fenster im Bild, was Kaya nicht mitbekam, weil sie viel zu sehr mit sich selbst beschäftigt war. Erst als ihr ein himmlisch süßer Duft in die Nase stieg, bemerkte sie es. Neugierig schaute sie in den Garten. Lauter blühende, regenbogenfarbene Rosensträucher, welche in saftigem Grün standen, sprangen ihr ins Auge. Große und kleine knallrote Erdbeeren wuchsen in der Mitte der Wiese und drehten ihre Köpfe in die Richtung der Morgensonne. Und noch viele verschiedene andere Früchte in unterschiedlichen fantastischen Farben und Formen sprießten dort überall aus dem Boden.

In diesem Garten war so vieles zu entdecken, dass das Mädchen nicht wusste, wo sie zuerst hinschauen sollte. Erst Minuten später entdeckte sie unter einem riesigen rosa blühenden Kirschbaum einen dreieckigen Tisch. Auf ihm stand eine zweistöckige Torte, die mit vielen saftigen Erdbeeren und mit sehr viel cremiger Schlagsahne dekoriert war, die sich in der Morgensonne mal nach rechts, mal nach links und in die Höhe reckte.

„Was ist denn das? Die Torte lebt!" Kaya traute ihren Augen nicht.

„Das wusstest du nicht? Natürlich lebt sie. Das ist das Fräulein Erdbeertotteliese. Sie ist sehr nett und macht das jeden Morgen. Komm, ich stelle sie dir mal vor. Setze dich auf meinen Rücken, damit wir aus dem Fenster springen können."

„Darf ich vorstellen", sagte Loppe zur Torte, „das ist Uke."

„Wiiiie?", fragte die Torte mit piepsiger Stimme. „Weee-er ist da?"

„Ich bin es, Loppe. Träumst du noch?"

„Neiiin! Ich strecke mich bloß. Das ist sehr wichtig, musst du kleines Fräulein wissen. Damit ich nicht trocken werde, sonst bin ich in einer misslichen Lage."

Die Torte sah köstlich aus. Die saftigen, großen, roten Erdbeeren waren ausgesprochen verlockend. Die cremige Schlagsahne und der Duft waren nicht auszuhalten. Kaya lief das Wasser im Mund zusammen, doch sie versuchte, sich zu beherrschen.

„In welcher Lage wären Sie denn, Frau Torte? Ich habe es nicht so ganz verstanden", fragte Kaya höflich.

„Ach, diese Zwerge heutzutage, sie wollen alles wissen, aber dürfen nicht alles essen! Hahaha, hahaha, hahaha!" Die zweistöckige Torte stellte sich plötzlich auf zwei dünne, kurze Beinchen, sprang von Tisch herunter und war weg.

„Das war aber eine seltsame Torte." Kaya schaute ihr hinterher und schüttelte mit dem Kopf.

„So ist sie eben, unser Fräulein Erdbeertotteliese. Immer und überall und zu jedem gleich."

Kaya schaute sich in dem riesigen Garten um. Ihr Magen brummte wie ein Bär. Zum Glück fiel ihr Blick auf einen Baum, der bloß drei Schritte von ihr entfernt stand, der runde, ihr unbekannte verschiedenfarbige Früchte trug.

„Also, ich würde sie an deiner Stelle nicht probieren. Wer weiß, was passiert. Die Früchte an diesem Baum sind noch nicht alle ausprobiert", warnte Loppe sie.

„Sie sehen aber so lecker aus und ich habe sooo einen Hunger."

Geduldig sprang Kaya hoch, bis sie einen Zweig erreichte, zerrte ihn zu sich nach unten und pflückte ganz vorsichtig eine riesige gelbe Frucht ab. Kaum berührten Kayas Lippen das seltsame Obst, da war sie nicht mehr im Garten.

„Na endlich", sagte sie bloß. „Es geht los!"

# 5 Ongolo

Kaya fand sich mitten auf einem runden Platz wieder. Es war ein düsterer Ort – windig und ziemlich verstaubt. Große, glitzernde Wollknäuel flogen durch die Luft, die einen seltsamen Geruch verbreiteten. Kaya versuchte, den fliegenden weichen Bällen auszuweichen, doch das gelang ihr nicht. Sie flogen auf das Mädchen zu, als ob sie es auf sie abgesehen hätten. Der komische Duft der Luft änderte sich ständig. Mal war er süß und mal wieder herb, doch das interessierte Kaya in diesem Augenblick wenig, da sich gerade die staubige Luft zu klären versuchte und sie endlich die Umgebung klar und deutlich erkennen konnte. Große und kleine Höhlen zeigten sich in ihrer traurigen Pracht, die mit vielen bunten Punkten tapeziert waren. Neugierig lief Kaya auf eine von ihnen zu und ging hinein, aber sie fand nichts, außer einem riesigen bodenlosen Loch in der Mitte.

„Was ist denn das? Von außen sehen die Höhlen wie Häuser aus und von innen … “ Ihr blieben plötzlich die Worte im Halse stecken, als mit affenartiger Geschwindigkeit etwas Buntes von unten nach oben kam und sofort fragte:

„Was machst du denn hier in meiner Höhle?“

Es war eine seltsame, gewaltige Gestalt. Auf seinem Kopf standen bunte, schimmernde Haare in alle Richtungen ab und überall auf dem grünen, ledrigen Körper sowie auch auf dem kolossalen Krokodilschwanz befanden sich bunte, glänzende Punkte. Mit ihrem riesigen grünen Augen starrte sie neugierig die versteinerte Kaya an und fragte noch einmal ganz freundlich:

„Ich habe dich etwas gefragt, kleines Miminoo." Das Mädchen zögerte mit ihrer Antwort, drückte sich ängstlich noch fester gegen die Höhlenwand und musterte die merkwürdige Gestalt von der Seite.

„Hulu, hulu. Bist du noch da?", fragte sie und wedelte dabei mit ihrer Pfote vor ihrem Gesicht herum.

„Entschuldigen Sie", stotterte Kaya „das wollte ich nicht". Sie versuchte dem Drachen direkt in die Augen zu schauen. Doch sein riesiges Auftreten machte Kaya Angst. „Ich war nur neugierig, wie es hier drinnen aussieht", versuchte sie ihr Eindringen in die Höhle zu erklären. Sie richtete die Augen zum Boden und fragte sogleich, ohne dem Drachen anzuschauen:

„Warum nennen Sie mich eigentlich Miminoo? Das ist gar nicht mein Name. Ich heiße Uke."

Von Minute zu Minute wurde Kaya lockerer. Ihre große Angst schwand allmählich und sie konnte der Gestalt bald darauf direkt in die Augen schauen.

„Du hast ja gar keine Angst vor mir", stellte der Drache überrascht fest. „Du versuchst nicht einmal wegzulaufen. Das gefällt mir. Ein tapferes Miminoo. Also, ich heiße

Ongolo und bin ein Drache, wie du siehst. Und was sagst du jetzt dazu?“

„Das finde ich ganz toll, dass du ein Drache bist, meine ich. Ich habe auch noch nie einen in echt gesehen“, erwiderte das Mädchen selbstsicher. Sie fühlte sich auf einmal pudelwohl, unterhielt sich mit dem Drachen, als ob sie ihn schon ewig kennen würde.

„Woher kamst du gerade?“, fragte sie gespannt „Und wieso sieht draußen alles so seltsam aus?“ Sie zeigte mit der Hand nach draußen.

„Das sind aber viele Fragen. Mal sehen, ob ich sie alle beantworten kann“, sagte der bunt gepunktete Drache, während er sich am Kopf kratzte.

„Also, ich nenne dich Miminoo, weil du wie eins aussiehst. Frage beantwortet?“

Kaya schüttelte den Kopf.

„Na gut, na gut. Miminoos sind kleine, sehr kleine, ganz kleine, klitzekleine, mickrige ... – soll ich dir was sagen? Ich habe mir das gerade ausgedacht. Haha, haha, haha! Reingelegt, reingelegt. Haha, haha, haha!“ Der Drache hielt sich an seinem dicken Bauch fest und lachte so laut, dass Kaya sich die Ohren zuhalten musste, wenn sie nicht taub werden wollte.

„Und jetzt die Antwort auf deine zweite Frage. Wo ich herkomme? Ich komme gerade von da unten. Haha, haha, haha!“ Der Drache zeigte mit einem dicken Finger auf das Loch. „Und deine dritte Frage war, warum es draußen so aussieht, wie es aussieht, richtig? Ganz einfach. Es verändert sich ständig und ich komme da nicht mehr mit." Geduldig hörte Kaya sich das alles an, doch trotzdem wagte sie noch eine Frage.

„Seid ihr hier alle so wie du?"

„Nein, ich bin der Einzige, der so ist." Er lachte wieder.

So einen komischen Kauz hatte Kaya noch nie getroffen. Na ja, nicht ganz. Man konnte ihn eigentlich mit Tante Agatha vergleichen.

Kaya wechselte das Thema. Sie merkte, dass sie von Ongolo wohl keine richtige Antwort bekommen würde.

„Kann ich vielleicht auch mit nach da unten?", fragte sie und klimperte dabei mit ihren langen Wimpern.

„Aber nur, wenn du dich traust", sagte er und kugelte sich vor Lachen.

„Ich habe keine Angst", sagte Kaya fest entschlossen mit einem breiten Lächeln.

„Na, dann komm, krabbele auf meinen Rücken und die Fahrt beginnt." Ongolo ging in die Hocke und Kaya krabbelte auf seinen ledrigen, gepunkteten Rücken. Der Drache sprang sogleich in die Tiefe und sauste wie eine Rakete. Es hatte keinen Augenblick gedauert und sie waren angekommen. Die Landung fand in einem seltsamen Park statt. Überall wo Kaya hinschaute, sah sie auf bunte große und kleine Punkte. Und mittendrin auf dieser matten Grünfläche stand eine grüne, mächtige Drachenstatue, die in ihrer linken Hand einen goldenen Punkt hielt. Plötzlich stand das Mädchen allein da. Ongolo hatte sich, ohne etwas zu sagen, still und leise davongemacht.

Ängstlich blickte sie sich um. Egal wo sie hinschaute, überall erblickte sie große und kleine Drachen, die umherliefen. Eine Schweißperle nach der anderen lief Kaya die Stirn hinunter. „Was mache ich denn jetzt?“, dachte sie. Kaum dass der Gedanke verflogen war, stand mit einem Mal ein kleiner Drache vor ihr. Kaya wurde es flau im Magen.

„Wer bist du?“, fragte die schrumpelige Gestalt. „Du siehst nicht aus wie ein Drache.“ Er schaute sich neugierig die schlotternde Kaya von allen Seiten an.

„Ich heiße Uke. Ich bin mit einem Drachen namens Ongolo hergekommen. Er hat mich hier einfach alleine stehen gelassen“, erwiderte sie stotternd. Sie zitterte immer noch am ganzen Körper.

„So ist er. Unser großer Herrscher und König, Drache Ongolo“, sagte der Drache traurig mit gesenktem Kopf. Das Feuer in seinen Augen war wieder erloschen. „Du brauchst keine Angst vor mir zu haben“, sagte er freundlich, „wir sind friedliche Drachen. Ach übrigens, ich heiße Matte.“ Er gab Kaya die Pfote.

Dem Mädchen fiel ein riesiger Stein vom Herzen, als sie hörte, dass keiner ihr etwas tun würde. Die Verspannungen der letzten Sekunden waren wie weggeblasen.

Der kränkliche Drache fing plötzlich an, vor der goldenen Statue hin und her zu laufen. Nach einer Weile blieb er stehen und schaute zu Kaya, die schon im Begriff war zu gehen.

„Na komm“, sagte er, „ich zeige dir erst einmal unsere Stadt *Punktazien.*“ Er nahm Kaya an die Hand, doch bevor sie losmarschieren konnten, hatte Kaya eine Frage.

„Sag mal, ist euer König ein klitzekleines bisschen verrückt? Man bekommt von ihm überhaupt keine richtige Antwort. Der ist ja nur am Lachen.“

„Zurzeit könnte man das auch so sagen. Doch früher war er ganz normal und lachte nur dann, wenn es angebracht war.“ Seine eigene Aussage nahm ihn ziemlich mit. Man sah ihm an, dass er sich damit nicht abfinden wollte, wie sein König zurzeit war. Kaya wollte ihn trösten, doch sie fand einfach nicht die passenden Worte und so marschierte sie neben ihm und sagte nichts.

Eine ganze Weile sprach keiner von den beiden. Matte hatte den ganzen Weg seine großen, grünen Augen zum Boden gerichtet und Kaya schaute sich die traurige Gegend an. Eine Totenstille lag die ganze Zeit in der grauen Luft, die man fast zu schmecken dachte. Die zwei wanderten durch wundersame dunkle und enge, traurige Gassen, wo dieselben Höhlen dicht an dicht nebeneinander standen, die jedoch viel dreckiger und verkommener waren als die, die sie schon einmal gesehen hatte. Und auch auf ihnen klebten bunte Punkte, so wie auch auf den Bäumen und Sträuchern, die wie ausgetrocknete Vogelscheuchen ihr Dasein betonten. Der Himmel war weder blau noch schwarz, wolkenlos sowie sonnenlos war er bloß. Auf einmal blieb Kaya in einer engen Gasse stehen. Sie wollte unbedingt wissen, was es mit den Höhlen auf sich hatte.

„Matte?“, fragte sie schüchtern. „Die Höhlen hier überall, was sind sie eigentlich?“

„Das sind unsere Schlafplätze“, antwortete der kleine Drache leise, während er den Boden anstarrte. „Jeder von uns ist froh, wenn er überhaupt noch einen hat, weil seit kurzem verschwinden sie und keiner weiß wieso, warum und genauso wenig wohin.“ Kaya zählte eins und eins zusammen. „Die vielen Höhlen, die ich da oben gesehen habe, das müssen die verschwundenen sein“, dachte sie. Rasch setzte sie die Unterhaltung fort.

„Und was ist mit den Punkten, die hier überall kleben?“

„Das verlangt unser König von uns.“ Der Drache unterbrach schlagartig seine Erzählung, richtete seine grüne riesige Nase nach oben und schnupperte an der Luft.

„Komm, schnell!“, rief er und zog an Kaya.

„Was ist?“, fragte sie erschrocken.

„Wenn dir dein Leben lieb ist, dann stell jetzt keine Fragen.“ Der Drache sah zu, dass er und Kaya sofort aus der engen Gasse herauskamen. Der seltsame ekelige Geruch, der sich schon auf ihre Haare legte, die neblige graue Luft, die immer dicker wurde, machte die beiden ein wenig benommen. Sie schafften es gerade so, aus der engen Straße herauszukommen. Nur noch ein paar Sekunden länger in dieser Gasse, und die zwei wären mit der dunklen, dicken Suppe ins Nichts verschwunden.

„Was war das?“, fragte Kaya hechelnd mit einer krächzenden Stimme. Sie hustete, nieste und spuckte, wie ein Lama.

„Geht es dir auch gut, Menschenkind?“, antwortete er mit einer Gegenfrage. Matte war besorgt. Kaya nickte und spuckte ungewollt dem Drachen direkt in die Nasenlöcher.

„Macht nichts“, sagte er ruhig und wischte sich Kayas Spucke mit der schrumpeligen Pfote ab. Doch leider spuckte Kaya immer und immer wieder. Sie konnte nicht aufhören.

„Das sind bestimmt nur die Nebenwirkungen, das geht gleich vorbei“, sagte der Drache zu sich selbst und ging sicherheitshalber ein paar Schritte von Kaya weg. Doch es ging nicht vorbei, erst als dem Drachen in den Sinn kam, dass er dem Mädchen auf den Rücken klopfen könnte – was er auch tat –, erst dann war es vorbei.

„Frag mich bloß nicht, was das war! Die Gasse meine ich. Ich darf und kann dir nichts darüber sagen, sonst holt mich noch die dunkle, dicke Suppe und verschlingt mich wie eine Fliege zum Dessert!“, sagte er unfreundlich und schaute sich ängstlich um. Kaya fiel es sehr schwer, nicht weiter danach zu bohren, doch die Angst des Drachen ließ ihre Neugierde abkühlen. Ein Weilchen verging, bis der Drache die kalte Stille mit einem Wort erwärmte.

„Ich habe doch angefangen zu erzählen, über unseren König und die Punkte, nicht wahr?“

„Jaaa.“ Kaya war froh, dass Matte wieder sprach.

„Unser König wollte es auf einmal viel bunter haben. Und jeder von uns muss alle drei Monde einen Punkt abgeben.“

„Die Punkte auf eurer Haut, die sind doch festgewachsen, oder nicht?", fragte Kaya ganz irritiert.

„Ongolo hat vor vielen Monden eine ungewöhnliche Gestalt kennengelernt", erzählte der kleine Drache betrübt, ohne Kaya dabei anzuschauen. „Das hat uns unser alles wissender Brunnen berichtet. Und diese Gestalt hat ihn dazu überredet, das eben zu tun. Die Punkte auf unserer Haut kriegt man ganz einfach ab; mit einem Zauberspruch, den der König kennt, so wie wir auch."

Kaya blieb auf einmal mit offenem Mund stocksteif stehen und starrte den Drachen an. Irritiert von Kayas Blick legte sich der kleine Drache seine schrumpelige Pfote vor die Augen und drehte sich von ihr ängstlich weg.

„Ist was, Matte?", fragte Kaya ein wenig belustigt.

„Wenn du mich so anguckst, kriege ich Angst." Er schaute durch die Finger, die immer noch vor seinem Gesicht waren.

„Ich tue dir doch nichts." Kaya strich ihm sanft über die dünnen Drachenarme. „Ich war nur so überrascht über das, was du erzählt hast, weil ich vor kurzem verzauberten Zwergen geholfen habe, wieder ihre Katzengestalt zurückzubekommen. Die Königin von Katzien hat mir erzählt, dass ganz viele Länder in eurer magischen Welt nicht in Ordnung sind. Wahrscheinlich gehört ihr auch dazu."

„Könnte sein", sagte er knapp. In Mattes Kopf ratterte es. Ohne auf Kaya zu achten, marschierte er los. „Und wenn es so ist, könntest du uns vielleicht auch helfen", sagte er mit einer hoffnungsvollen Stimme, ohne nachzusehen, ob Kaya ihm folgte. „Du musst wissen, dass diese Punkte außerordentlich lebenswichtig für uns sind", sprach er laut weiter. „Jede Farbe ist für etwas ganz Bestimmtes bestimmt; der rote Punkt kümmert sich um unsere Gesundheit. Der gelbe ist für die Haare, damit sie schön und glanzvoll bleiben. Der weiße ist für die Größe wichtig. Der grüne für die Natur, damit sie schön, frisch und bunt bleibt ..." Kaya war dicht hinter ihm. Sie schaute sich den Drachen genauer an. Seine Worte erreichten sie nicht mehr. Ihm fehlten schon jede Menge Punkte, weil viele seiner runden Kreise ganz farblos waren.

„Und der goldene da, auf deinem Rücken? Wofür ist er zuständig?"

Er drehte sich um, blieb mit ernster Miene stehen und sagte: „Der goldene Punkt, er ist der wichtigste von allen. Wenn man ihn verliert oder abgeben muss, dann ist man dem Tode geweiht."

„Oh, ihr Armen. Das tut mir aber leid!" Kaya fiel zu diesem schrecklichen Satz nichts ein und so nahm sie den kleinen Drachen unbeholfen in den Arm. Dem Unglücklichen kullerten sogleich ein paar große Tränen herunter und platschten auf den Boden, wie zerbrochenes Glas. Obwohl Matte freudlos war, kam ihm unerwartet eine geniale Idee in den Sinn.

Ohne ein weiteres Wort führte der kleine Drache die ahnungslose Kaya durch graue Wiesen und gelbe Wälder, bis sie endlich vor einer riesigen Mauer stehen blieben.

# 6 Ongolos Schloss

„Angekommen“, flüsterte er zufrieden. Kaya schaute ihn ganz verdutzt an. „Das ist der Palast vom König der Drachen“, erklärte er schmunzelnd.

Das Mädchen riss sich von Mattes Drachenpfote los. Sie fand es gar nicht lustig, dass er sie vor vollendete Tatsachen stellte. Sie sagte jedoch nichts dazu. Stattdessen schaute sie sich die baumhohe, grüne Mauer an, die sich rundherum um den Palast zog. Dann fiel ihr Blick auf zwei schrumpelige, beinah punktlose, kleine Drachenwächter, die bewaffnet mit langen Stöcken den Eisentoreingang bewachten.

„Was wollt Ihr hier?“, fragte einer der Wächter unfreundlich als er die Beiden entdeckte.

„Sie will zum König! Und außerdem, er kennt sie schon. Lasst sie hinein“, sagte der kleine Drache höflich. Kaya schaute ihn fragend an. „Du musst alleine da rein“, erklärte er ihr mit gedämpfter Stimme. „Wenn er mich sieht, wer weiß, vielleicht verlangt er wieder ein paar Punkte von mir. Und das wäre nicht das Gesündeste für mich. Schau überall nach. Vielleicht findest du etwas, was den bösen Zauber von unserem König nehmen kann.“

Der kleine Drache schüttelte Kaya die Hand und wünschte ihr viel Glück. Er selbst machte sich auf den gleichen Weg wieder zurück.

Ohne zu fragen wieso und warum, machten die Wächter das quietschende Tor auf. Zögernd ging Kaya hinein. Sie traute ihren Augen nicht, bei dem, was sie zu sehen bekam. Die Bäume und Sträucher glänzten in allen Farben. Verschiedene Vogelarten flogen durch die Luft und sangen fröhliche Lieder. Der Himmel war blau, die Wiese grün und der Palast glänzte wie ein Klumpen Gold.

„Das ist aber eine Überraschung", freute sich der Drachenkönig, als er Kaya entdeckte. „Dass wir uns so schnell wiedersehen, hätte ich nicht gedacht." Er tanzte um eine baumlange, dunkle Blume, die mitten im Garten wuchs. Rund um die Pflanze wuchsen die gleichen Blumen, doch sie waren nur halb so groß. Ihre Mitte war quadratisch sowie schwarz. An ihren Blumenköpfen hingen spaghettilange, braune Blütenblätter herunter, die auf einem dicken, schwarzen Stiel saßen. Und an den dicken Blumenstilen baumelten graue, riesige Blätter herunter. Diese Blumen sahen wie Nachtgespenster aus, doch dem bunten Drachen schien das gar nichts auszumachen. Er sah einfach unglaublich glücklich aus.

„Wie hast du mich gefunden, kleines Tototo?"

„Ist das wieder ein Wort, worauf du keine Antwort hast?", fragte Kaya mutig.

„So ist es, und wieder nicht", sagte er lachend aus vollem Hals. „Tototos, so nenne ich meine Untertanen. Und solange du in meinem Land bist, gehörst du zu meinem Volk und musst das Gleiche machen wie sie."

„Wie soll das gehen? Ich kann dir doch keine Punkte geben. Ich habe gar keine." Kaya zeigte auf ihre Arme und Beine.

Der Drachenkönig schaute sich Kaya von allen Seiten ganz genau an. „Da hast du recht." Er überlegte und überlegte. „Dann hilfst du mir eben in meinem Garten. Aber ich weiß immer noch nicht, wie du mich gefunden hast. Ich habe dich doch mitten in *Punktazien* stehengelassen."

„Ich bin einfach der Nase nachgegangen."

„Welcher Nase? Hier gibt es gar keine frei laufenden Nasen! Und wenn, dann wüsste ich das als Erster! Erzähle mir lieber die Wahrheit!", drohte er Kaya.

„Ich habe mir die Gegend angesehen und bin zufällig hier gelandet", schwindelte Kaya. Sie wollte den kleinen Drachen auf keinen Fall verraten. „Ich will dich nicht stören." Sie drehte sich halb zum Tor. „Ich kann auch wieder gehen, wenn du das willst."

„Nein, du kannst natürlich bleiben." Ongolo strich sich übers Kinn. Er betrachtete Kaya kurz von der Seite und sagte im Befehlston: „Diese wunderschönen Blumen müssen gut gepflegt werden." Breit grinsend zeigte er mit dickem Finger auf die dunklen Pflanzen. „Zehnmal am Tag müssen sie gegossen werden. Wehe dir, wenn nicht! Dann gibst du alle deine Punkte ab! Ach, du hast ja gar keine." Er schlug sich vor den Kopf. „Ja, dann eben was anderes. Sind wir uns einig?"

„Was müsste ich dir geben?“, fragte Kaya. Sie kicherte und hielt sich die Hände vor den Mund. Sie fand, dass der Drachenkönig mehr einem Spaßvogel ähnelte als einem König.

„Was könnte sie abgeben?“ Der König lief hin und her und überlegte. „Ich hab's! Du gibst mir einfach diese frei laufende Nase. Das Allererste, was du mir erzählt hast, war bestimmt die Wahrheit. Ich habe einen guten Riecher für so was. Die Nase soll es also sein. Genau“, sagte er zufrieden. „Sie wird bestimmt bald mir gehören“, freute er sich.

Er ließ Kaya allein stehen, sang und tanzte wieder und machte riesige Sprünge in die Luft. Kaya suchte rasch nach etwas, womit sie die Pflanzen begießen konnte, fand jedoch nichts.

„Entschuldige, Drachenkönig“, sie lief zu dem Tanzenden, „aber womit soll ich die Blumen gießen?“

„Mit deinen Händen natürlich. Womit denn sonst?“, erwiderte er überrascht über die seltsame Frage.

„Mit einer Gießkanne vielleicht?“, erklärte Kaya.

„Was ist das schon wieder?“, fragte Ongolo brüllend wie ein Löwe.

„Das ist ein Behälter“, versuchte Kaya es ihm sanft zu erklären, „in dem man Wasser transportiert. Und dann wird das Wasser aus der Gießkanne direkt in die Blumen gegossen.“

„Wir sind in *Punktazien* und nicht im *Gießtazien!*“, brüllte der Drache wieder und schüttelte sauer dabei mit dem

Kopf. Er hüpfte wie ein riesiger Elefant mal auf dem rechten und mal auf dem linken Bein auf seinen Palast zu und ließ das verdutzte Mädchen zum dritten Mal allein stehen.

Kaya hatte überhaupt nicht vor, die gespenstischen Blumen zu gießen. Sie verlor keine Zeit und schaute sogleich überall im Garten nach, ob sie etwas fand, was den Zauber von dem Drachenvolk nehmen könnte. Hinter jedem Baum schaute sie nach, alle Sträucher durchsuchte sie. Hinter und vor dem Palast suchte sie, doch es war nirgendwo etwas Seltsames zu finden. Auf einmal hatte sie eine brillante Idee und ging geradewegs auf die hässlichste Blume zu, die sie je in ihrem Leben gesehen hatte. In aller Ruhe schaute sie sich die Pflanze von allen Seiten genau an. Sie drehte jedes Blatt um und fing schlagartig vor Freude wie eine Waldmaus zu piepsen an.

„Treffer! Treffer!" An der höchsten Pflanze fand sie auf einem Unterblatt den geschriebenen Satz: *„Den Zwang kann man nur brechen, indem man uns alle kocht; dann ist der König wieder, wie er in der Vergangenheit war."*

Endlich wurde es dunkel. Die Lichter im Palast gingen aus. Kaya, die sehr gut vorbereitet war, zog alle dunklen Blumen mit ihren langen Wurzeln aus der Erde heraus, steckte sie in einen riesigen Kessel, den sie hinter dem Palast fand, holte Wasser aus dem Bach, der durch den Garten floss, und zündete ein dickes Stück Holz unter dem Kessel mit einem schimmernden blau-roten Feuer an, das sie dem Drachen bei seiner Feuerspuck-Übung gestohlen hatte.

Nachdem alles perfekt war, setzte sie sich hin auf der saftigen grünen Wiese und beobachtete das Geschehen. Es dauerte nicht lange, und alles kochte und blubberte bis drei Meter hoch. Nach einer unbestimmten Zeit wurde das Wasser schwarz und stank wie Gülle. Und wie durch Zauberhand verschwand die widerliche Brühe plötzlich. Kaya beobachtete das alles aus sicherer Entfernung. Wach zu bleiben fiel ihr immer schwerer. Die Augen fielen ihr zu und der Schlaf krallte sich Kaya. Sie war fast im Land der Träume angekommen, als ein schräger Pfiff sie zurückholte. Schlagartig schlug Kaya die Augen auf und schaute sich um. In der sternenlosen Nacht fing etwas in der Luft wie ein Vogel zu kreischen und zu pfeifen an. Neugierig trat sie hinter ihrem Baum hervor und machte einen Schritt nach vorne. Sie schaute geradeaus. Da, wo zuvor die dunklen Blumen wuchsen, krabbelten nun monströse, schattenähnliche, griesgrämig schauende Wesen aus der Erde heraus. Kaya erschrak. Ihr rutschte das Herz in die Hose. Sie machte panisch einen Schritt nach hinten, ohne darauf zu achten, wohin und worauf sie trat. Eine von den fliegenden finsteren Gestalten spitzte die Ohren und riss die Augen auf. Kaya war nicht zu übersehen. Sogleich flog das Schattenwesen auf das Mädchen zu und schrie: „Du bist schuld! Du bist schuld, dass wir gehen müssen! Nur du!“ Immer mehr dunkle Gestalten kamen auf Kaya zu und quälten sie mit ihren gruseligen Stimmen. Andere von ihnen flogen auf das Schloss des Königs zu und versuchten, ihn zu erreichen, indem sie kräftig mit ihren gigantischen Flügeln gegen die Mauern schlugen. Kaya hatte Angst. Todesangst. Sie zitterte am ganzen Körper, wie jemand, der einem mächtigen Löwen gegenübersteht. Doch zu ihrem Glück neigte sich die Nacht dem Ende. Die ersten Sonnenstrahlen fielen auf die zwielichtigen Gestalten, die sich wie ein Nebel, unter großen Protesten, langsam auflösten. Kaya schaute sich um. Keine Mauer war mehr zu sehen, dafür glänzte alles weit und breit. Zufrieden wollte sie den Garten verlassen, als ihr ein kleines Fläschchen auf der Wiese ins Auge fiel. Ruckartig hob sie es auf und las: *„Es ist wieder Zeit und wir danken dir sehr. Trink das hier leer und du bist wieder bei dir.“*

Kaya trank den Zaubersaft in einem Zug leer und fand sich wieder auf ihrem weißen Sofa im Wohnzimmer. Sie schaute aufs Bild. Loppe, die sich gerade auf der Fensterbank im Bild reckte und streckte, warf Kaya ihr schönstes Katzenlächeln zu. Nachdem sie ihre Katzengymnastik beendet hatte, sagte sie zu ihr:

„Ich danke dir aus ganzem königlichem Herzen, Uke. Dann bis zum nächsten Mal, immer dann, wenn du wieder Lust auf ein neues Abenteuer hast.“ Die Katze verstummte, doch ihr Lächeln blieb. Kaya richtete ihren Blick auf die himmelblaue Wohnzimmeruhr. Es war bereits sechzehn Uhr, und im nächsten Moment standen schon die Eltern in der Tür.

# III

# Das verwehte Geheimnis

## 7 Der geheimnisvolle Besucher

Kaya konnte nach dem Abenteuer mit dem Drachenkönig in jener Nacht kein Auge schließen. Das, was sie erlebt hatte, schwirrte ihr immer noch im Kopf herum. Während sie im Bett lag, malte sie sich aus, wie das nächste Abenteuer aussehen könnte, doch die Müdigkeit war stärker, und sie schlief ein.

Am nächsten Morgen, um neun Uhr, klingelte es an der Tür. Aus dem Bett gesprungen, lief Kaya an die Haustür. Jedoch außer einem leichten Windhauch, der sie an der Nasenspitze kitzelte, war da sonst nichts und auch keiner zu sehen.

„Was war das?" Sie stand barfuß halb draußen, halb drinnen und schaute nach rechts und links. Schnell schloss sie die grüne Haustür wieder zu und machte sie sogleich wieder auf, richtete ihren Blick nach unten und entdeckte an der dunkelgrünen Fußmatte einen kleinen, gelben Zettel. Neugierig hob sie ihn auf, lief schnellen Schrittes in die kleine Küche, setzte sich gemütlich auf einen Stuhl und las:

*„Ich bin der kleine Durchsichtige.*
*Du wirst niemals erraten, wer ich bin.*
*Ich habe schon viel Gutes über dich gehört.*

*Wer weiß, vielleicht hören wir uns gleich.“*

„He?“ Kaya schüttelte den Kopf, zerknüllte den Zettel und warf ihn weg.

„Wuuu. Wir haben schon alle von dir gehört, Wuuu. Wir ...“

Kaya sprang vom Stuhl herunter, wie vom Blitz getroffen.

„Wer spricht da! Meine Eltern sind hier, ich rufe sie!“, schrie sie panisch zu jemandem, den sie nicht sah.

„Keine Angst, kleines Menschenkind. Ich bin ein Westwind und heiße auch so. Ich wollte dich bloß um einen Gefallen bitten. Wuuu.“ Obwohl Kaya noch zitterte und sich wie ein steifer Soldat an die Küchenwand drückte, fragte sie mit ruhiger Stimme.

„Wie kommst du hier herein?“ An ihrer Stimme war deutlich zu hören, dass sie total erleichtert war, dass es bloß der Wind und kein Einbrecher war. „Und wenn du sprechen kannst, dann bist du bestimmt ...“ Diesmal unterbrach der Wind sie.

„Ich habe geklingelt, und als du die Tür aufgemacht hast, bin ich rein. Doch ich hätte auch durch das Fenster oder durch das Schlüsselloch kommen können. Aber ich wollte dich nicht zu sehr erschrecken, was mir trotz allem nicht gelungen ist. Wuuu.“ Die Stimme des Windes klang wie ein heruntergefallener Wassertropfen auf einem Glas. „Wie du ja weißt“, erzählte er weiter, „bei uns in der magischen Welt passieren seltsame Dinge ...“ Der Wind fing auf einmal ganz laut zu jammern an.

„Ich werde dir und deiner magischen Welt schon helfen, aber bitte höre mit dem Gejammer auf. Das halten meine Ohren nicht aus." Kaya schnappte sich zwei blaue Geschirrtücher, die neben der Spüle auf einem Schrank lagen, und hielt sie sich an die Ohren.

„Gut, gut. Wuuu!", heulte er noch einmal kräftig. „Aber hilf uns bitte."

„Wie soll ich dir helfen? Ich kann dich nicht einmal sehen", sagte Kaya, während sie sich am Kopf kratzte.

„Sehen wirst du mich niemals können. Doch wenn etwas ist, brauchst du nur nach mir zu rufen. Wuuu ..." Kaya entspannte sich wieder. Sie unterhielt sich mit dem Wind, als ob er und sie die besten Freunde wären.

„Ach Wind, den gelben Zettel hier, hast du ihn dagelassen?" Auf einmal verspürte Kaya in der Küche einen halbstarken, warmen Lufthauch. Die Vorhänge und auch die weiße Tischdecke, die auf dem runden Tisch lag, hoben sich auf einmal hoch.

„Wind, was machst du denn da? Das ist eine Küche und kein Feld!"

„Entschuldige tausendmal, ich bin nur so aufgeregt. Ja, das habe ich geschrieben, gefällt es dir?"

„Ein tolles Gedicht", sagte Kaya ironisch. „Bei unserer Deutschlehrerin hättest du bestimmt eine Eins plus dafür bekommen." Sie hob ihre Stupsnase hoch. Viel mehr fiel ihr dazu nicht ein. Eigentlich hasste sie Gedichte. Sie fand, dass sie total überflüssig waren. Doch der Wind, wie es schien, so wie auch ihre Deutschlehrerin und fast alle in ihrer Klasse, sie alle waren der Meinung, dass Gedichte etwas Wunderbares sind. Einen kurzen Moment sagte keiner mehr etwas. Kaya saß mittlerweile wieder auf ihrem Stuhl und starrte in die Leere.

„Wind, bist du noch da?", Kaya schaute sich in der Küche um. „Du wolltest mir erzählen, warum du gekommen bist." Der Wind war immer noch eingeschnappt, weil Kaya zu seinem Gedicht so wenig sagte.

„Ich finde dein Gedicht ganz toll", versuchte das Mädchen es noch einmal. „Indianerehrenwort."

„Wirklich?", fragte er endlich zufrieden.

„Ja, du Westwind. Aber erzähle mir endlich, worum es geht."

Das Lüftchen fing an zu erzählen und konnte gar nicht mehr aufhören. Das zerzauste Mädchen musste etwas unternehmen. Die Geschichte des Windes musste ein Ende nehmen, und so fiel sie ihm ins Wort.

„Es wird nicht einfach, und ich weiß nicht, ob das so eine gute Idee ist, doch wir werden sehen, was da zu machen ist." Mittlerweile saß Kaya auf dem Küchentisch, was die Eltern verboten hatten, aber die Geschichte war so spannend, dass sie einfach in die Höhe musste.

„Du schaffst das, ganz bestimmt. Da bin ich mir ganz sicher." Der Wind verbreitete wieder ein wenig von seinem lauwarmen Lüftchen. „Du müsstest nach *Rechtsass* und nach *Linkssolle* reisen. Und der Rest kommt von ganz allein. Es war schön, dich kennengelernt zu haben. Ich sehe zu, dass ich vor dir da bin."

Der Wind war weg, genauso leise, wie er auch kam. Diesmal jedoch nicht wie ein Mensch durch die Haustür, sondern durch das gekippte Fenster in der Küche. Kaya sprang vom Tisch herunter. Im Nachthemd und immer noch barfuß lief sie zum magischen Bild. Loppe wartete bereits auf sie. Sie saß nicht wie gewohnt im Bild, sondern auf dem weißen Sofa.

„Miau. Guten Morgen, kleine Heldin. Ich habe gehört, dass der Westwind bei dir war. Miau."

„Was du nicht alles hörst", erwiderte Kaya ein wenig überheblich. Sie setzte sich aufs Sofa neben Loppe.

„Und", fragte Kaya sogleich, „wann kann es losgehen?"

„Sofort, wenn du möchtest", erwiderte die goldene Katze freundlich und fing nun an, ein paar Wörtchen aufzusagen. Kaum dass sie damit aufhörte, stand das, was Kaya zum Reisen benötigte, auf dem Wohnzimmertisch. Diesmal gab es keinen Zaubersaft in einem Fläschchen, sondern in einem kleinen Tässchen. Neugierig lief Kaya zum Tisch und setzte sich hin.

„Ist der Saft heute ganz besonders, weil er in einem Minitässchen ist?" Kaya zog die Stirn kraus und schaute Loppe in die Augen.

„Ja, er ist wirklich was Besonderes." Die flauschige Königin saß auf dem Boden und schaute zu Kaya hinauf, die sich den gelb-orange-grünen Saft kritisch mit zusammengezogenen Augenbrauen anschaute. Auch die Lippen des Mädchens verdrehten sich zu einer Schleife, weil der Zaubersaft ziemlich unappetitlich aussah.

„Zu ihm gehört noch ein Zauberspruch. Und darum ist es ganz wichtig, dass er aus diesen Minitässchen getrunken wird, sonst wirkt der Zauberspruch nicht. Du willst doch in ein ganz bestimmtes Land?“ Kaya nickte.

„Damit es auch funktioniert“, fuhr Loppe fort, „und du in das Land herein- und wieder aus ihm herauskommen kannst, gibt es einen Spruch:

*„Zaubersäftchen, Zaubersäftchen. Bring mich an das richtige Plätzchen.“*

Und der Zauberspruch, um wieder nach Hause zu kommen, heißt:

*„Zauberwörtchen, Zauberwörtchen. Bring mich wieder ans alte Örtchen.“*

Kaya hatte keine Fragen mehr. Sie hob das kleine Tässchen hoch, schloss die Augen und hielt sich die Nase zu. Sie sagte in der Stille den Spruch auf und trank den Saft.

Und schon im nächsten Moment stand sie auf einem rosafarbenen Berg. Rund um ihn befanden sich noch viele andere Berge. Sie alle waren gleich groß, nur ihre Farben waren verschieden. Da Kaya immer noch ihr gelbes Nachthemd anhatte, verwandelte sich dieses in ein schneeweißes Kleid mit gelben Sternen. Vor lauter Staunen bemerkte sie nicht, dass der Berg, auf dem sie saß, sich langsam fortbewegte und seine zuvor rosa gewesene Farbe ins Rote übergegangen war.

„Hallo! Hallo! Hört mich jemand?“, rief Kaya mit zu einer Trompete gefalteten Händen und drehte sich dabei im Kreis herum. Außer einem Echo kam jedoch nichts zurück. Vorsichtig sprang sie von dem außergewöhnlichen Berg herunter. Am Boden angekommen, schaute sie noch einmal hoch. Von unten sahen die Berge wie riesige leckere und dazu bunte, kugelrunde Mohrenköpfe aus, in die man am liebsten reinbeißen würde. Doch kaum richtete Kaya ihren Kopf wieder nach unten, da stieg ihr ein stinkender und beißender Geruch in die Nase, der von den seltsamen Kugeln kam, und sie musste so stark niesen, dass sie mit der Nase fast am Boden anschlug.

Auf einmal flog und summte etwas ganz dicht vor Kayas Kopf.

„Ho, ho, kleines Fräulein. Was hat dich hierhin verschlagen?" Es war kein Mensch und auch keine Fliege. Es hatte die Größe eines Schmetterlings, flatterte in der Luft und schaute Kaya direkt in die Augen.

„Was bist du?", fragte Kaya erstaunt. Sie musterte ihn von Kopf bis Fuß. „Ein Schmetterling oder vielleicht ein fliegender Käfer?"

„Ich bin das, was ich bin. Ein kleiner Seltsaming. Mich gibt es nur das eine Mal in unserer Welt. Willkommen in einem Ort, den es aber zweimal bei uns gibt." Er flatterte in der Luft mit seinen kleinen, regenbogenfarbigen Flügeln und schaute sich Kaya von allen Seiten an.

„Ich heiße Uke", sagte sie und folgte dem Seltsaming mit den Augen. „Wo bin ich? Und die Berge da, sind das wirklich Berge oder vielleicht ganz was anderes?"

„Oj, oj, oj. Du kommst her und weißt nicht einmal, wo du bist? Und du kennst nicht einmal die Moffels? Oj, oj, oj." Er war wieder weg.

Seltsames Ding, dachte Kaya und schaute sich ängstlich um. Die Umgebung gefiel ihr gar nicht. Sie hatte etwas Furchteinflößendes an sich. Bäume und Wiesen suchte man da vergebens, nur die bunten Moffels waren überall zu sehen, die sich wie Schnecken voranbewegten und einen ekligen Gestank verbreiteten. Das Mädchen konnte sich da überhaupt nicht konzentrieren, so gleich sah alles aus.

# 8 Die bösen Feen

„Trrr, trrr, trrr!“ Es kam von oben. Und noch einmal: „Trrr, trrr, trrr!“

Kaya schaute neugierig hoch und erblickte lauter Besenstiele mit kichernden Gestalten, die hektisch durch die Lüfte flogen. Eine von ihnen schrie laut, mit dünner Stimme:

„Schwestern, Schwestern! Guckt mal da, neben den Moffels läuft etwas, was aussieht wie ein ... Na kommt, helft mir mal! Wie heißen die denn?“ Die Figuren auf ihren Besen steuerten auf Kaya zu.

Gezwungenermaßen blieb das Mädchen verschreckt stehen. Vor ihr landeten fünf Frauen. Vier von ihnen sahen gleich aus. Ihnen schauten krumme, grüne Zähne aus dem Mund heraus und ihre roten, angeschwollenen Kleiderbügelnasen waren riesig und voller Muttermale. Auf den Köpfen hatten sie perückenartige, schwarze, kinnlange Haare und ihre grünen, bodenlangen Kleider waren schmutzig und zerrissen. Diejenige, die nicht zu ihnen passte, war schön und gepflegt. Ihr Kleid war sauber. Ihre langen, blauen Haare waren zu einem ordentlichen Zopf zusammengebunden und ihr Gesicht strahlte eine ungewöhnliche Ruhe aus.

„Na, Schwestern, das ist sie. Eine, eine, eine …“ Eine von den Hässlichen kam immer noch nicht auf das Wort. Sie schaute sich das Kind von allen Seiten an. Mal stand sie auf dem Kopf und mal auf einer Hand in der Luft. Doch das alles brachte ihr nichts. Nach einer Weile ergriff die Schöne das Wort.

„Was tust du hier, so ganz alleine? Und wer bist du, mein Kind?“

„Ich heiße Uke und bin ein Menschenkind“, stotterte sie, „tun Sie mir nichts.“

„Wer spricht denn hier von etwas tun? Wir sind keine Hexen, bloß die FÜNF BÖSEN FEEN!“ Die fünf bildeten einen Kreis um die zitternde Kaya. Schielend schauten sie sich das Kind noch einmal ganz genau von allen Seiten an und fingen plötzlich an zu lachen. Sie lachten so stark, dass ihre Körper anfingen, sich in alle Richtungen zu biegen, wie Bäume in einem Sturm. Nachdem sie sich endlich leer gelacht hatten, sagte die Schöne:

„Uke, merke dir jetzt unsere Namen gut. Also, die Kleine mit dem großen Loch im Ohr heißt Trottela. Die mit den zwölf Fingern heißt Biggota. Die daneben, die mit der doppelten Nase, heißt Padela. Die Nächste mit der Eisenhand, das ist die Kindella. Und ich, die anders Aussehende, was dir bestimmt schon aufgefallen ist, ich heiße Skrokella.“ Nachdem die Schöne sie alle vorgestellt hatte, bewegte sich Trottela mit großen Schritten auf das Mädchen zu. Kaya stand wie angewurzelt da vor Schreck. Ihre roten Bäckchen wurden weiß. In ihren dunklen Augen sammelten sich die Tränen. Nur noch ein Schritt trennte die beiden voneinander. Kaya nahm ihren ganzen Mut zusammen und versuchte wegzulaufen, doch Trottela stand schon vor ihr. Sie streckte ihre riesengroßen Hände aus, schnappte sich Kaya und legte sie sich über die linke Schulter. Kaya schlug um sich wie ein Adler. Doch die Fee war stark wie ein Bär. Mit nur ein paar Schritten erreichten die beiden die fliegenden Besen und wie einen Kartoffelsack setzte Trottela Kaya auf einen von ihnen drauf.

„Was machen Sie da?“ Wütend sprang Kaya wieder von dem Besenstiel herunter und lief rasch ein paar Schritte nach hinten, blieb stehen und warf Trottela empört einen kühlen Blick zu. Biggota lief Kaya sofort hinterher. Sie zog böse ihre schwarzen Augenbrauen zusammen und sagte kreischend:

„Wir nehmen dich mit! Ob du willst oder nicht! Basta!“ Sie klatschte kräftig in die großen Hände.

„Und warum?“, fragte Kaya mutig, jedoch leise, und ging wieder einen Schritt zurück.

„Weil uns das so gefällt!“, antworteten alle fünf im Chor und klatschten noch kräftiger in die Hände.

„Habe ich etwa gesagt, dass ich mit will? Nein, habe ich nicht!“, protestierte Kaya.

„Bist du hier die böse Fee, oder sind wir es?“, schrie Padela genervt. Die übrigen vier stimmten ihrer Schwester zu.

Kayas Mut hatte sie wieder verlassen. Mit einer leisen Stimme antwortete sie:

„Ihr seid das natürlich." Das Mädchen richtete ihren Blick zu Boden, jedoch eins musste sie noch loswerden. „Also, in meiner Welt darf man so etwas gar nicht tun. Man darf keinen mitnehmen gegen seinen Willen. So was ist unter Strafe gestellt." Vorsichtig hob sie ihre dunklen Augen wieder hoch und schaute den Feen, einer nach der anderen, ins Gesicht. Eine seltsame Stille hing in der Luft. Die fünf Feen waren das allererste Mal sprachlos. Sie wussten überhaupt nicht, wie sie sich verhalten sollten. „Vielleicht hätte ich das nicht sagen sollen", überlegte das Mädchen. „Vielleicht ..." Ihre Gedanken wurden durch Biggota unterbrochen.

„Du hast recht", sagte sie in aller Ruhe. „Bei uns darf man so etwas auch nicht tun. Doch wir sind die fünf bösen Feen und machen das, was uns gefällt! Jedoch bei dir machen wir nur das eine Mal und nur heute diese kleine Ausnahme. Seid ihr damit einverstanden, meine bösen Schwestern?" Mit einer kleinen Verzögerung stimmten ihr die vier zu, mit verzogenen Gesichtern. „Also jetzt ganz feierlich, was überhaupt nicht unsere Art ist! Hast du jetzt Lust, mit uns zu kommen, ja ... oder ja?", fragte Biggota, ungeduldig mit den Füßen auf den Boden stampfend wie ein unruhiges, wildes Pferd.

„Also, wenn ihr mich so nett fragt: Gerne." Ein Triumph spiegelte sich in Kayas Miene. Sie hatte gewonnen, wenn auch nicht zu hundert Prozent. Sie hatte die bösen Feen ein wenig in die Knie gezwungen. Das gefiel ihr. Obwohl sie triumphieren konnte, war sie sich ganz sicher, dass mit ihnen bestimmt nicht gut Kirschen essen war. Kaya ging wieder auf Trottelas fliegenden Besen zu, setzte sich gemütlich auf ihn und mit einem lauten „Trrr“ konnte der Flug beginnen. Wie in Weltraumraketen flogen die Feen mit Kaya durch die Lüfte. Kaya, die unter Höhenangst litt, ließ ihre Augen den ganzen Flug über zu und klammerte sich wie ein Faultier an Trottela. Nachdem sie ankamen, stieg Kaya erleichtert und mit zittrigen Beinen von dem schlichten Besen ab. Nicht einmal eine Minute hatte das Mädchen Zeit zum Verschnaufen, weil Trottela sie sogleich grob an die Hand nahm und sie vor ein halb verfallenes, kleines, graues Haus zerrte. Kaya fielen fast die Augen aus dem Kopf. Das graue Haus hatte von allen Seiten schiefe und krumme Wände. Keine gerade Ecke war an dieser Bruchbude zu finden. Die Fenster des Anwesens sahen aus, als ob sie jeden Moment aus ihren Rahmen springen würden. Und der dreieckige Schornstein, der nicht wie üblich auf dem Dach stand, sondern seitlich rechts an einer Wand, pustete seltsam aussehende, rabenschwarze Wolken heraus. Kaya hatte gar keine Zeit, das alles richtig zu verdauen, weil Trottela sogleich weitermachte.

„Da sind wir.“ Sie streckte ihre langen Arme aus. „Willkommen in *Rechtsass.* Das ist unser Zuhause. Schön, was?“ Trottela grinste vor Stolz über alle Backen und zeigte dabei ihre vergammelten, spitzen Zähne.

„Jaaa.“ Kaya grinste auch, bloß ihr Grinsen zeigte, dass sie dieses Haus total komisch fand. Ohne ein weiteres

Wort ließ Trottela das schmunzelnde Mädchen auf einmal allein stehen. Die Fee watschelte auf ihre vier Schwestern zu, die auf einen schmalen Schuppen zugingen, um dort ihre fliegenden Besen zu verstauen, und sie alle kamen nicht mehr heraus. Kaya ließen sie draußen zurück. Es war ihr recht so. Neugierig schaute sie sich um.

Keine fünf Minuten später stellte sie mit Schrecken fest, dass sich die Ruine der Feen, und auch sie, auf einem hohen Rosenstrauch befand. Vorsichtig kniete sie sich nieder. Sanft berührte sie den Boden. Sie hoffte, ihre Hände in weiche, dunkle Erde zu bohren, stattdessen berührte sie ein weiches, grünes Blatt. Ihr Herz pochte. Behutsam schaute sie den Abhang herunter. Es war hoch, sehr hoch. Schnell zog sie sich wieder zurück. Komisch, dachte sie, der seltsame Strauch hatte nur das eine Blatt. Und dazu war er auch der einzige Strauch weit und breit. Kaya wollte sich gerade heimlich verkrümeln, als eine der Feen nach ihr rief.

„Uke! Uke, wo bist du? Komm rein. Komm zu uns herein." Sie zögerte mit ihrer Antwort. Doch die Feen ließen nicht locker. Das dunkelhaarige Mädchen hatte keine Wahl und musste sagen, wo es war.

„Hier, hier bin ich, ich komme ja schon", antwortete sie brummig.

„Wir haben etwas für dich. Ein Geschenk", sagte Padela kreischend wie ein Rabe, als Kaya sich der Haustür nährte. Nur noch ein Schritt lag zwischen ihr und dem Wohnraum der Feen. Sie war auf alles vorbereitet, doch das übertraf alles. Erstaunt rieb Kaya sich die Augen. Von außen sah das Haus gammelig aus und von innen glänzte alles vor Sauberkeit. Die Wände waren weißer als weiß. Blitzblanke Töpfe hingen überall an den Wänden. Mitten im Raum stand ein riesiger, glänzender Kessel, aus dem ein hellgrüner Dunst heraus sprudelte und frischen Pfefferminzduft verbreitete. Leider hatte sie nicht genug Zeit sich das alles genauer anzuschauen, weil alle fünf sofort auf sie zukamen.

„Hier ist es", sagte Kindella aufgeregt. In ihren faltigen Händen hielt sie etwas in einem grünen, halb zerfallenen Kastanienblatt eingepackt.

„Das ist ein *Weiß-ich-nicht-was.* Das gehört jetzt dir", fügte die schöne Skrokella hinzu. Alle fünf warteten sehr gespannt, was das Mädchen dazu sagen würde.

Kaya packte das Geschenk ganz vorsichtig aus und das, was sie sah, ließ ihr den Atem stocken. Sie schaute mit großen Augen auf das *Weiß-ich-nicht-was.* Es glänzte und schimmerte in allen möglichen Farben. Man konnte nicht genau sagen, was es eigentlich war. Egal wie man es drehte oder wendete, es kam jedes Mal etwas anderes dabei heraus.

Trottela schnitt sich mit einer Schere eine verklebte Haarsträhne ab, nahm Kaya kurz das *Weiß-ich-nicht-was* aus der Hand und fädelte es ein. Dann legte sie es ihr um und schaute zufrieden ihre Schwestern an.

„Es steht ihr gut.“, jubelten die anderen und tanzten dabei wie wilde Hühner. Es steht ihr richtig gut!“, wiederholten sie es immer wieder.

Nachdem sie endlich alle zur Ruhe kamen, führte eine von ihnen das Gespräch fort.

„Du musst wissen, dass wir es auch geschenkt bekommen haben und jetzt wollen wir es nicht mehr haben. Es lag eines Tages vor unserer Tür, wo auf einem Blatt etwas geschrieben stand:

*„Das gehört dir, das kommt noch heraus. Das verspreche ich dir.“*, zitierte Biggota.

„Warum seid ihr eigentlich so nett? Ihr habt doch gesagt, dass ihr böse Feen seid.“

„Aaaa“, antwortete Biggota und zog ihre Stirn zu tiefen Falten zusammen. „Heute ist eben so ein Tag, wo wir nett sein müssen. Du hast bloß sehr viel Glück gehabt.“ Kaya ließ sich nicht einschüchtern und so fragte sie weiter:

„Sagt mal, was sind eigentlich die Moffels?“

„Das sind unsere Herden. Sie halten das Land sauber“, erklärte Trottela, die neben Padela saß.

„Hier gibt es doch gar nichts mehr sauber zu halten“, erwiderte das Mädchen verwundert.

„Vielleicht nicht in diesem Moment. Doch die Natur wächst hier bei uns schneller, als du dir denken kannst. Dann saugen sie alles auf, was nicht nötig ist. Wie Bäume, Sträucher, Wiesen und Blumen. Wir brauchen so was hier bei uns nicht.“ Die fünf schauten sich einig an und nickten mit den Köpfen. „Wir wollen es bei uns kahl und dürr haben. Und wir lieben über alles die grünlose Scheußlichkeit", machte Kindella Kaya verständlich.

„Das ist ja fürchterlich!" Kaya war erschrocken. „Dann gibt es hier bald kein Leben mehr." Sie lächelte die fünf schnippisch an. „Aber einen Strauch habt ihr ja noch, auf dem euer Haus steht."

„Aber nicht mehr lange! Sie kommen zurück und dann steht auch das hier nicht mehr. Und das ist das Einzige, was uns wichtig ist, und der Rest kann weg! Unsere Moffels haben leider sehr viel Hunger! Und wenn wir ihnen nicht geben, was sie wollen, dann nehmen sie uns noch den allerletzten Rest."

Die fünf schauten sich resigniert an.

„Was für einen Rest?", fragte Kaya neugierig.

„Na, den Zaubersprüche-Rest. Die halbe Macht ist uns noch geblieben. Das heißt, dass die Zaubersprüche nur zur Hälfte ihre Macht ausüben. Doch wenn der Rest auch noch weg ist, dann sind wir nur ein machtloser Krümel in der ganzen magischen Welt." Biggota schlug die Hände über den Kopf und die übrigen vier machten es ihr nach.

„Und sie sehen so friedlich aus." Kaya schüttelte den Kopf. „Das hätte ich von ihnen gar nicht gedacht. Aber wie seid ihr eigentlich zu ihnen gekommen?" Kayas Kopf arbeitete auf vollen Touren.

„Sie standen vor hundert Nächten einfach vor unserer Tür, lagen in einem großen Korb und waren mini klein. Eines Tages entwischten sie uns und fraßen das halbe Land kahl – was uns gefallen hat und immer noch gefällt.

Sie wurden größer und immer mehr“, erklärte Trottela, die sich langsam im Gesicht veränderte und immer näher an Kayas Stuhl heranrückte.

„Aber wie soll man euch helfen? Eigentlich braucht ihr eure Moffels, wenn eurer Land euch so gefällt.“

„Wir wollen unsere ganze Macht zurück! Die ist uns viel wichtiger als diese runden Kugeln!“, sagte Skrokella auf einmal schreiend wie eine Elefantenkuh. Sie tobte so heftig mit den Füßen, dass das ganze Haus zu wackeln anfing.

„Meine bösen Schwestern, wir wissen immer noch nicht, wieso das Mädchen eigentlich in unser Land gekommen ist“, sagte Padela, der das gerade eingefallen war. Draußen dämmerte es. Die vier, außer der einen, veränderten sich immer schneller und wurden noch hässlicher, als sie schon sowieso waren. Ihre Zähne wurden noch grüner und länger. Die zuvor glatten Gesichter wurden faltig und bekamen große und kleine Warzen, die wie riesige, vertrocknete Weintrauben aussahen. Biggota sprang plötzlich ein ziemlich großer, grüner Popel aus der Nase heraus, den sie sofort in den Mund steckte und kaute auf ihm herum, wie auf einem fruchtigen Kaugummi. Kaya wurde schlecht. Auch der angenehme Duft verschwand. Stattdessen hing in der Luft ein Müllkippengeruch. Die Wände in der Stube veränderten sich blitzartig von weiß ins Pechschwarze. Alles wurde dreckig und dunkel. Auf einmal liefen große, schwarze Katzen durch den Raum und schwarze Raben kamen durch das Fenster hereingeflogen. Es zischte und piepte aus allen Ecken und Kanten. Der Tisch, an dem sie alle saßen, verwandelte sich unverhofft in eine riesige grüne Kröte, die aus ihrem Maul eine lange Zunge herausstreckte und nach etwas griff, das wie eine übergroße, fette Fliege aussah. Anschließend sprang sie mit lautem Schmatzen weg und hinterließ ein riesiges Loch in dem dreckigen Boden. Und genauso wenig waren auch die Holzstühle echt. Sie verwandelten sich langsam in dicke Schlangen, die um die Aufmerksamkeit der bösen Feen rangen. Aus Angst blieb dem Mädchen der Schrei im Halse stecken.

„Ja genau! Raus mit der Sprache!", schrie Biggota unfreundlich mit einer Blecheimerstimme.

„Mich schickt die Königin von Katzien. Ich soll die magische Welt vor etwas retten, das alles durcheinanderbringt. Bis jetzt weiß ich noch nicht, wer oder was es ist, aber ganz bestimmt werde ich es bald wissen. So wie es aussieht, müssen die Moffels auch von dem sein, der alles durcheinanderbringt." Sie sagte es in einem Atemzug auf, als ob sie es auswendig gelernt hätte. Den Wind erwähnte sie erst gar nicht, wer weiß, was dann passiert wäre.

„Aha! Du bist also ein Aufspürer! Gut, gut! Dann sieh zu, dass diese Moffels verschwinden! Wir bekommen unser Land auch so hässlich und dürr hin!" Das Gespräch schien beendet zu sein. Die Feen waren so mit ihren Schlangen beschäftigt, dass keiner mehr auf das kreideweiße Mädchen achtgab. Kaya sah zu, dass sie da herauskam. Im Schneckentempo und mit Angst im Herzen, dass die fünf von ihrer Flucht etwas mitbekommen könnten, bewegte sie sich in Richtung Haustür und schlich sich unbemerkt, wie ein Mäuschen, nach draußen.

# 9 Die guten Feen

Nachdem Kaya es geschafft hatte, aus dem fürchterlichen Haus herauszukommen, atmete sie erst einmal ganz tief durch und rief nach dem Westwind, der zum Glück sofort zur Stelle war.

„Bring mich bitte in das Land der guten Feen“, sagte sie. Und der Wind pustete einmal und Kaya war da, wo sie hinwollte.

„Danke, lieber Westwind!“ Nur ein „Wuuu“ kam zur Antwort von nirgendwo.

Vor Kayas Augen breitete sich der gleiche traurige Anblick aus. Auch hier gab es keine Bäume und keine Sträucher. Alles war flach wie ein Bügelbrett. Bloß der Himmel war hier immer noch blau, nicht wie bei den bösen Feen, bei denen er längst zappenduster war.

„Wen haben wir denn da? Ist das etwa ein Besuch?“ Eine alte, bucklige Frau stand unerwartet vor Kaya und schaute ganz neugierig auf das *Weiß-ich-nicht-was.*

„Ich suche die vier guten Feen. Können Sie mir vielleicht sagen, wo ich sie finden kann?“

„Um sie zu finden, braucht man erst einmal einen triftigen Grund.“

„Den habe ich“, antwortete Kaya selbstbewusst. Die alte Frau fragte nichts weiter, nahm Kaya an die Hand und führte sie durch das trockene Land. Nach einem sehr langen Marsch war es endlich so weit.

„Da sind wir“, sagte die Bucklige und verschwand genauso, wie sie überraschend vor ihr stand. Mitten auf dem trockenen Land stand ein kleines, prächtiges Schlösschen, das noch viel schöner war als der Palast im Drachenland. Kaya klopfte mit einem Messingklopfer einmal an die silberne große Tür. Und im nächsten Moment war sie schon auf. Ohne zu zögern marschierte sie neugierig hinein. Sie konnte jedoch niemanden entdecken.

„Hallo? Hallo, ist da jemand? Mein Name ist Uke“, rief Kaya, und gleichzeitig bewunderte sie alles, was rundherum stand. Überall, soweit das Auge reichte, standen goldene sowie silberne Tische und Stühle. Und auf den Tischen sowie auch auf den hellen Holzschränken wie auch auf den weißen Fensterbänken standen kleine und große Vasen mit verschiedenen bunten Blumensträußen und Früchten auf Stielen darin. Bunte und runde, durchsichtige und eckige, große und kleine Seifenblasen flogen überall durch die Luft, die einen herrlichen Duft versprühten und nicht platzten, wenn sie auf dem Boden aufkamen.

Kaya hob den Kopf und sah, dass die Decke des kleinen Hauses von innen viel höher war als von außen. Und auch die Zimmertüren, die sich überall in den Wänden befanden, fielen ihr erst in jenem Moment auf. Sie konnte ihre Neugierde nicht zurückhalten und schaute in jede Kammer hinein. Plötzlich klopfte Kaya jemand auf die linke Schulter. Erschrocken drehte sie sich um. Vor ihr standen vier Frauen. Drei, die zueinander passten, und eine, die ganz anders aussah. Die ersten drei sahen wie Skrokella aus. Ihre Gesichter strahlten. Ihre bodenlangen Kleider schimmerten in verschiedenen grünen Tönen. Und die vierte sah genauso aus wie die bösen Feen, bloß das linke Auge fehlte ihr. Doch eins unterschied sie von den unschönen Feen, und das war ihr Kleid, das blitzblank sauber war und die gleiche grüne Farbe hatte wie die Kleider der anderen.

„Willkommen in unserer bescheidenen Hütte, in *Linkssolle*, kleines Fräulein", sagte eine von den Schönen herzlich und sie alle verneigten sich vor ihr.

„Entschuldigen Sie", sagte das Mädchen leise mit knallroten Wangen. Sie wurde erwischt. Erwischt beim Schnüffeln in einem Zimmer. Eigentlich wusste sie ganz genau, dass man so etwas nicht macht, doch die verflixte Neugierde war stärker als sie. Verschämt richtete sie ihren Blick zum Boden. Am liebsten hätte sie sich wie ein Maulwurf unter die Erde vergraben, so peinlich war ihr das.

„Ich habe auch geklopft, dass müssen Sie mir glauben", redete sie wie ein gackerndes Huhn. „Die Tür ging von ganz alleine auf. Ich wollte auch nicht neugierig sein, aber hier ist alles so herrlich." Sie schnappte kurz nach Luft und machte sogleich weiter. „Sind Sie vielleicht die vier guten Feen? Ich suche sie nämlich." Die vier fanden es richtig gut, dass Kaya sich entschuldigt hatte, aber sauer waren sie keinesfalls auf sie. Wie vier Engel hörten und schauten die Frauen dem aufgeregten Mädchen zu. Und als sie auch endlich mal zu Wort kamen, fragten sie:

„Und warum suchst du sie?“ Die vier waren sehr gespannt, was für eine Antwort sie bekommen würden. Sie standen immer noch vor dem Zimmer, wo Kaya gerade ihre Nase drin hatte.

„Ich will Ihnen helfen, die Moffels zu besiegen. Ich komme gerade von den fünf bösen Feen, denen ich das versprochen habe.“

„Und sie haben dir auch nichts Böses getan?“, fragten die vier überrascht.

„Sie sagten, dass heute mein Glückstag wäre, weil wenn ich sie gestern oder morgen getroffen hätte, dann wäre das gar nicht gesund für mich. Aber sonst war es ganz nett. Und ich bekam von ihnen auch etwas geschenkt.“ Sie zeigte auf das *Weiß-ich-nicht-was.*

„Du hast wirklich Glück gehabt, mein Kind. Die fünf bösen Feen sind schlimmer als die zehn Hexen von den spitzen Bergen. Nur an einem gewissen Tag im Jahr – den nicht einmal wir kennen – sind sie so, wie du sie heute erlebt hast. Doch wenn der Tag zur Neige geht und es dämmert, dann sind sie wieder böse wie eh und je.“ Die sprechende Fee schaute die anderen an, die mit den Köpfen nickten. „Ja, wir sind die vier guten Feen. Komm erst einmal mit, in unseren noch nicht von den Moffels entdeckten, dafür sehr gut versteckten Garten, dann kannst du uns alles erzählen.“ Eine von den Feen klatschte einmal in die Hände. Und aus dem glänzenden Holzboden, gleich neben dem Zimmer, vor dem sie alle noch standen, formte sich eine gläserne Treppe, die seitlich links in eine blaue, türlose Wand führte und ebenfalls durchsichtig wurde.

# 10 Des Rätsels Lösung

Kaum war Kaya den halben Weg die Treppe heruntergegangen, konnte sie schon den allerschönsten Gesängen von Vögeln lauschen. Verschiedene Blumendüfte kitzelten ihre Nase, und ein leichter Sommerwind strich ihr übers Gesicht. Mit einem Fuß im Garten und mit dem anderen noch auf der Treppe, stand sie mit offenem Mund da. In der Ferne entdeckte sie Tiger, Löwen, Elefanten, Rehe und noch viele andere Tiere, die zusammen auf einem Fleck standen, ohne dass einer dem anderen etwas tat. Riesige violett blühende Bäume, deren Blüten einer Rose ähnelten, standen rundherum als Zaun um den einzigartigen Garten. Meterlange, saftig grüne Gräser wuchsen überall in Gruppen und machten leise eine gemütliche Entspannungsmusik. Auch die verschiedenen Blumen auf der hellgrünen Wiese waren etwas Besonderes, weil sie „Aua!“ riefen, wenn man auf sie trat.

„Setz dich, mein Kind“, sagte eine von den Feen. Kaya, die voller Staunen war, hörte nicht zu. Es hatte eine gewisse Zeit gedauert, bis sie ansprechbar war und sich zu den vieren an den goldenen, runden Tisch gesellte, der mitten in diesem zauberhaften Garten stand. Als endlich alle saßen, stand eine von den Feen auf, klatschte dreimal in die Hände und plötzlich fanden sich auf dem goldenen Tisch fünf blaue Tassen und fünf kleine, gelbe Teller. Sie klatschte noch einmal, doch diesmal nur zweimal. Und ein bunt-karierter, großer Teller mit einem großen Marmorkuchen, mit überzogener Schokolade und mit viel Puderzucker, fand seinen Platz auf dem Tisch. Kayas Zunge schlich sich immer wieder aus dem Mund heraus und ging gierig über die Lippen. Die Feen zeigten Erbarmen und gaben ihr das allergrößte Kuchenstück und einen Kakao mit viel Schlagsahne, und Schokoladenstückchen gab es auch noch für sie. Nachdem der allererste Hunger gestillt war, fingen die Feen an.

„Ich heiße Tulpe."

„Ich heiße Hyazinthe."

„Und ich Begonie,"

stellten sich zuerst die drei Schönen vor.

„Und ich heiße Zwiebeline", sagte die Unschöne. „Und wie heißt du?"

„Einfach Uke", erwiderte sie lautstark schmatzend.

„Also, du kleines Würmchen willst uns helfen, ja?", fragte Hyazinthe liebevoll, während sie ganz vornehm in ihren Kuchen biss.

„Ich werde es probieren." Kaya schlürfte ganz laut an ihrem heißen Kakao, der nicht leer werden wollte. „Vielleicht hilft mir das *Weiß-ich-nicht-was*", fügte sie hinzu. Das Mädchen stellte seine blaue Tasse wieder auf den Tisch, nahm das *Weiß-ich-nicht-was* vom Hals herunter und legte es in die Mitte auf den runden Tisch.

„Ja, ja ich kenne es", sagte Tulpe, selbst überrascht, die es als Allererste in die Hand nahm.

„Ja, das besitzt sehr viel Macht", Hyazinthe nahm ihrer Schwester das Ding aus der Hand und schaute es sich von allen Seiten an, „ bloß der Zauberspruch ist mir nicht bekannt. Und ihr Schwestern" – Sie schaute Begonie und Zwiebeline an –, „was fällt euch dazu ein?"

Auch die beiden schauten sich das *Weiß-ich-nicht-was* ganz genau an. Verschiedene Vogelarten und Schmetterlinge schwirrten auf einmal neugierig über dem Tisch und schauten sich auch das eigenartige Ding an. Erst fünf Minuten später rief eine von den beiden Feen:

„Ich hab's!" Es war Zwiebeline. Sie sprang von ihrem Stuhl auf, drehte sich dreimal im Kreis herum und blieb stehen, spuckte zweimal nach links und zweimal nach rechts auf die grüne Wiese und sagte:

„Das *Weiß-ich-nicht-was* funktioniert so: Du denkst an etwas, was dir viel Freude macht. Du drehst dich achtmal im Kreise herum, hüpfst dreimal in die Höhe und sagst diesen Zauberspruch:

*„Das Alte war schön! Das Neue ist schlimm!*
*Weiß-ich-nicht-was, biege alles wieder hin!"*

„Schwester?", riefen die drei verblüfft, „woher willst du das wissen?" Zwiebeline hatte keine Ruhe. Sie stand immer noch da, wo sie gerade hüpfte.

„Als ich es in den Händen hielt", erzählte sie aufgeregt, „sah ich die Vergangenheit da drin. Auf einem verlassenen Feld standen zwei Haselnussbäume. Auf einem Baum stand geschrieben, „*die vier*“ und auf dem anderen, „*die fünf*“. Ich glaube, ich kann mich auch daran erinnern.“ Sie klopfte sich auf den Kopf. „Das waren doch unsere Geburtsbäume, nicht wahr? Etwas Seltsames sah ich noch da drin ...“ Begonie unterbrach sie und sprang von ihrem goldenen Stuhl auf.

„Wie seltsam war es denn?“, fragte sie ganz zappelig und zupfte nervös an ihrem langen Zopf und ging auf Zwiebeline zu.

„Ich sah, dass ein sehr starker Wind je eine Nuss von jedem Baum abgerissen hatte. Er pustete sie durch die Gegend in der durchsichtigen Luft, und als er endlich genug davon hatte, hängte er sie wieder auf, ohne darauf zu achten, welche wohin gehört.“ Zwiebeline schnappte nach Luft und Begonie ging wieder auf ihren Platz zurück.

„Und das alles hast du in diesem kurzen Augenblick gesehen?“, fragten ihre drei Schwestern sie verwundert im Chor.

Kayas Augen gingen hektisch von einer Fee zu anderen.

„Jaaa. Es war kurz, jedoch sehr aufschlussreich.“ Zwiebeline ging nervös auf und ab mit verschränkten Armen. „Jetzt weiß ich auch, warum ich so anders aussehe als ihr.“ Diesmal stand die Tulpe auf.

„Schwester“, versuchte Tulpe Zwiebeline zu trösten, „das hat überhaupt nichts zu sagen. Du gehörst zu uns wie die Fische zum Wasser. Egal, wie du aussiehst, und egal, was damals auch passiert ist." Sie machte eine kurze Pause und überlegte, ob das, was sie sagen wollte, die Zwiebeline nicht verletzen würde. Nervös lief sie hin und her.

„Schwester", sprach sie weiter ohne stehen zu bleiben, „ich muss dir etwas gestehen." Zwiebeline schaute sie mit großen Augen an. „Ich wusste davon jedoch erst seit kurzem." Tulpes Stimme wurde immer leiser. Sie senkte den Kopf und ging auf sie zu. „Durch einen Zufall traf ich auf den Westwind. Er jammerte und jaulte und konnte gar nicht mehr aufhören. Sein Gewissen plagte ihn und er erzählte mir alles." Sie schaute Zwiebeline direkt in die Augen. „Was vergangen ist, ist vergangen, Schwester. Nicht einmal ein Zauber kann das alles wieder rückgängig machen. Nennen wir es doch einfach das verwehte Geheimnis, das außer uns und dem Wind sonst keiner kennt. Oder bereust du, dass du statt einer bösen Fee jetzt eine gute Fee geworden bist?" Tulpes Ansprache war so feierlich, dass den andern Feen große perlenartige Tränen herunterkullerten. Vor lauter Spannung wechselte die blaue Farbe des Himmels ins Rote und die leuchtenden Farben in dem grünen Garten nahmen die Farbe des Himmels an. Elefanten, Wölfe, Katzen und Hunde sowie viele andere Tiere, sie alle schauten neugierig in Richtung des goldenen Tisches. Sie wollten auf keinen Fall verpassen, wie das gesellige Beisammensein weitergehen würde. Überraschend unterbrach Kaya den Frieden. Ihr war wieder eingefallen, dass sie noch etwas zu dem Wind erzählen wollte.

„Beinahe hätte ich noch etwas vergessen.“ Die vier schauten das Mädchen ganz gespannt an.

„Das Ding, das *Weiß-ich-nicht-was*, muss der Westwind den falschen Feen wohl vor die Tür gelegt haben. So wollte er wahrscheinlich sein schlechtes Gewissen beruhigen.“

„Woher weißt du, dass der Westwind das gewesen ist?“, fragte Zwiebeline, während sie sich ihre restlichen Tränen mit ihrem grünen Kleid abwischte und immer noch aufgeregt hin und her lief.

„Er schreibt gerne Gedichte. Bei dem *Weiß-ich-nicht-was* lag auch etwas dabei. *Das gehört dir, das kommt noch heraus. Das verspreche ich dir* – das erzählten mir die fünf. Er war heute Morgen auch bei mir zu Hause und bat mich, euch alle zu besuchen. Er hat mir auch die ganze Geschichte erzählt, doch das mit den Moffels und der Bösartigkeit von den bösen Feen hat er ausgelassen!“ Kaya war aufgebracht, obwohl das nicht mehr aktuell war. Sie schlürfte zweimal an ihrem Kakao und erzählte dann weiter, wie ein singender Vogel. „Er brachte mir auch ein tolles rätselhaftes Gedicht und gab es auch zu, dass er fürchterlich gerne dichtet. Doch hier muss er wohl mit dem *Weiß-ich-nicht-was* etwas durcheinandergebracht haben.“

„So ist unser Westwind“, sagte Tulpe, während sie ihren blauen Zopf nach hinten warf. „Er hat viel zu viel Angst sich persönlich zu entschuldigen, das ist nicht schön, oder? Und an das kleine Menschenkind hat er wohl auch nicht gedacht. Es hätte alles passieren können, wenn die fünf nicht ihren guten Tag gehabt hätten."

„Da haben Sie recht, Frau Tulpe", sagte Kaya und klopfte mit der Faust wie eine Große auf den goldenen Tisch. Es wurde ruhig. Alle Augenpaare waren auf Zwiebeline gerichtet, die wie ein Pinguin immer noch hin und her watschelte. Sie alle waren sehr neugierig, was die Fee zu all dem sagen würde.

„Schön oder nicht schön ist mittlerweile egal." Sie drehte sich mit dem Rücken zum Tisch und hob einen kleinen, bunten Käfer hoch. „Die wahre Schönheit kommt doch von innen, nicht wahr?" Sie drehte sich wieder um und schaute die vier an. „Ich bin wirklich froh, Schwestern, dass ich zu euch gehöre. Gebt dem armen Wind nicht die Schuld. Er war doch damals noch so jung und unerfahren und hat nicht überlegt, was er da macht. Und jetzt, da es schon so lange her ist, traut er sich nicht mehr, sich persönlich bei uns zu entschuldigen. Jeder von uns hat doch irgendwelche Macken, oder?" Zwiebeline setzte den Käfer vorsichtig wieder auf die Wiese und fuhr fort:

„Es ist schon richtig, das Zauberding war für mich", sagte Zwiebeline leise und verlangsamte ihren Gang, „nur ich war nicht an dem richtigen Ort. Jede Fee, gut oder böse, hat etwas Bestimmtes in sich. Etwas, was sie sehr gut kann. Und ich kann eben bei seltsamen Dingen entdecken, für was sie gemacht worden sind."

Endlich setzte sich Zwiebeline wieder an den Tisch. Keiner aus der Runde hatte noch eine Frage, was gut war, weil Zwiebeline über das Thema kein Wort mehr verlieren wollte. Erleichtert, dass sie endlich die Wahrheit wusste, nahm sie sich ein Stück Kuchen, schlürfte ein paar Male an ihrem Kakao und streichelte dabei eine weiße Ziege, die sich wie eine Schmusekatze an sie schmuste. Auf einmal sprang Begonie vom Tisch auf und fing in ihrem wunderschönen grünen Kleid an zu tanzen, wie eine Feder auf einem Blatt Papier. Und die langen Gräser fingen noch lauter an zu musizieren. Alles, was sich in ihrer unmittelbaren Nähe befand, wie Käfer, Schmetterlinge und verschiedene Tiere, tanzte mit ihr im Takt zur Musik. Nach ihrem verrückten Feentanz setzte sie sich erschöpft wieder auf ihren Stuhl und beobachtete neugierig mit ihren Schwestern zusammen jede Bewegung des Mädchens, die wie ein Huhn die letzten Krümel mit einem Zeigefinger aufsammelte. Sie alle lächelten ihr zu und wackelten freundlich mit den Köpfen, doch Kaya nahm das alles gar nicht wahr, so sehr war sie mit ihren Kuchenkrümeln beschäftigt.

„Noch ein Stück Kuchen, oder noch ein wenig Kakao?“, fragte Tulpe liebevoll, nachdem Kaya ihren Teller blitzblank hatte.

„Nein, danke. Ich bin satt, pappsatt. Da passt gar nichts mehr rein. So einen leckeren Kuchen habe ich noch nie gegessen. Nochmals danke schön.“ Mit der linken Hand wischte sie sich den Mund ab, ließ sich auf ihren Stuhl fallen wie ein nasses Hemd und klopfte sich auf den Bauch. Die Feen fanden das sehr erfrischend und machten es ihr nach. Fünf Minuten lang saßen die fünf so da, bis Kaya wieder mal mit einer Frage kam.

„Warum sieht euer Land genauso aus wie das von den bösen Feen?" Sie schlürfte an ihrem Kakao. „Und habt ihr vielleicht von etwas oder jemandem gehört, der in eurer magischen Welt alles durcheinanderbringt?", fragte sie ohne Punkt und Komma weiter.

„Erst einmal die Antwort auf deine zweite Frage. Uns ist nichts Derartiges aufgefallen." Zwiebeline schaute zu ihren Schwestern, die es mit einem Kopfnicken bestätigten.

„Kein Fremder, außer dir heute, ist hier aufgetaucht. Auch wenn, hätten wir das gar nicht mitbekommen, weil wir die meiste Zeit im Garten sitzen."

Hyazinthe, fuhr weiter fort. „Und die Antwort auf deine erste Frage lautet: die verfressenen Moffels kennen eben keine Grenzen. Da die bösen Feen nicht mehr ihre ganze Macht besitzen, können sie sie nicht mehr aufhalten. Und so mussten wir es eben hinnehmen. Aber jetzt bist du ja da und bald wird alles so, wie es einmal war."

Kaya streckte ihre Ellenbogen auf dem Tisch ganz weit aus und mit glänzenden Augen fragte sie wissbegierig weiter.

„Eine allerletzte Frage habe ich noch. Seid ihr mit den bösen Feen eigentlich befreundet?"

„So halb, halb“, antwortete Begonie und runzelte die Nase dabei. Sie faltete ihre Hände zusammen und legte sie auf ihren leeren Teller. „Sie sind schon eigenartig, aber solange wir ihnen nichts tun, tun sie uns auch nichts. Doch Uke, liebes Kind, wir danken dir jetzt schon für alles, was hoffentlich gleich passiert. Es ist höchste Zeit, für uns und für dich. Und auch für den, der die Moffels in unser Reich geschickt hat. Weißt du noch den Spruch zum *Weiß-ich-nicht-was?*“

Kaya nickte und sagte zugleich: „Wartet!“ Sie musste unbedingt noch etwas wissen. „Was ist mit diesem Kakao eigentlich los? Ich trinke und trinke, doch meine Tasse wird einfach nicht leer.“

Die vier fingen an zu lachen.

„Warum lacht ihr? Was ist so lustig?“ Kaya schaute von einer Fee zur anderen.

„Du, du bist lustig, mein Kind“, sagte Tulpe und kugelte sich vor Lachen. „Du hast es wohl total vergessen, wo du hier bist. Stimmt es, oder habe ich recht?“

„Jaaaa.“ Kaya wurde rot wie eine Tomate und erst ein paar Minuten später fing sie auch an zu lachen. Sie hatte wirklich vergessen, wo sie war. Schnell bedankte sie sich noch einmal für die Gastfreundschaft bei den guten Feen, nahm das *Weiß-ich-nicht-was* vom Tisch herunter und entfernte sich weiter weg von den Frauen. Sie dachte an etwas, was ihr mit großer Sicherheit viel Freude bereiten würde und das war – mit ihren Eltern mehr Zeit verbringen zu können. Dann drehte sie sich achtmal im Kreis herum, hüpfte dreimal in die Höhe und sagte:

*„Das Alte war schön! Das Neue ist schlimm!*
*Weiß-ich-nicht-was, biege alles wieder hin."*

Und sogleich fing auch die Veränderung an. Es krachte und blitzte, wurde dunkel und hell. Verängstigt und mit geschlossenen Augen versteckte sich Kaya hinter einem violett blühenden Baum. Mit einem Mal wurde es wieder still. Vorsichtig tat sie die Augen auf. Die Feen, der Garten und auch der Baum, hinter dem sie gerade noch stand, sie alle waren verschwunden. Das Land schimmerte auf einmal in allen Farben. Wiesen, Bäume, Sträucher, alles war wieder zurück. So stand sie da, mitten auf einer riesigen, in saftigem Grün gewachsenen Wiese, auf der die Blumen wie Popcorn aus der Erde schossen. Es gab große und kleine Hügel, die wie das blühende Leben selbst aussahen. Und auch alles andere lag in blühender, farbenfroher Pracht.

„Wuuuuuu, wuuuuu!" Es war der Wind. „Ich danke dir, Fräulein Uke. Und ich schäme mich so, dass ich so ein feiger, windiger Esel bin und war. Und es tut mir auch leid, dass ich dich in die Höhle des Löwen geschickt habe. Und ..." Kaya unterbrach ihn. „Ist schon gut, Wind", sagte sie freundlich mit ruhiger Stimme. „Es ist vorbei. Und jetzt ist alles gut, wie es ist. Du brauchst kein schlechtes Gewissen mehr zu haben." Kayas Worte beruhigten den Wind und er war für ein paar Minuten ganz still.

Wie aus dem Nichts fiel auf einmal ein leuchtender, goldener Klumpen vom Himmel, direkt vor Kayas Füße. Vorsichtig hob sie ihn auf und schaute sich neugierig von allen Seiten das Ding an. Sie hielt es begeistert in die Sonne und entdeckte, dass der Klumpen von jeder Seite andersfarbig war. Vertieft in dieses sonderbare Ding, erschrak sie plötzlich, als sie eine Stimme hörte.

„Das ist für dich, mein Kind", sagte der Wind stolz und schwirrte dabei um Kaya herum. „Es kann Wünsche erfüllen, wenn man darüberstreicht, doch es funktioniert auch, wenn man es nicht dabei hat, aber an den Wunsch fest denkt und dabei dran GLAUBT."

„Danke, lieber Westwind", sagte Kaya mit einem breiten Lächeln. Doch ihr Lächeln hielt nicht lange an. Ihre Ohren erreichten auf einmal ein ihr sehr gut bekanntes, grässliches Geräusch. „Trrr, trrr, trrr!" Langsam hob sie ihren Kopf zum Himmel hoch und erschrak. Über ihr befanden sich die fünf bösen Feen.

„Hier, für dich!", rief Padela unfreundlich von oben und schmiss dem Mädchen ein kleines Säckchen direkt vor die Füße.

„Das lag wieder mal vor unserer Tür! Und auf einem schwarzen Zettel, weiß auf schwarz, stand *„Für Uke"*. Die Moffels sind weg! Das war bestimmt bloß ein günstiger Zufall, dass du dein Versprechen so gut gemeistert hast, was? Wir werden uns bei dir bestimmt nicht bedanken! Komm uns bloß nie wieder unter die Augen, sonst müssen wir dich in eine Ratte verwandeln!" Die fünf brachen in bösartiges Gelächter aus und flogen zum Glück wieder weg. Kaya, die immer noch zitterte, ging in die Hocke, hob das verschnürte braune Säckchen auf, schaute hinein, aber außer einem kleinen Stock war nichts mehr dabei. Sie wollte den Stock schon fortschmeißen, als der sich in ein kleines Tässchen verwandelte, das sogleich zu ihr sprach: „Ich soll dir sagen, dass du mich leertrinken sollst. Und du den Spruch nicht vergessen darfst, sonst kommst du nicht wieder zu dir nach Haus." Kaya war erleichtert, dass es nichts Schlimmes mehr war. Sie trank den Zaubersaft leer, sagte den Spruch auf und saß wieder auf ihrem weißen Sofa.

„Uff, das war ja richtig anstrengend", dachte Kaya, „obwohl ich nichts großartig tun musste." Sie blieb gleich da, streckte alle viere von sich, deckte sich mit einer orangerot karierten Wohnzimmerdecke zu und war vor lauter Erschöpfung eingeschlafen. Loppe sprang vorsichtig aus dem Bild heraus und sagte leise, als wenn sie Kayas Gedanken gelesen hätte: „Oh doch, Menschenkind. Du hast viel mehr getan, als du denkst." Die goldene Katze sprang wieder auf die Fensterbank im Bild und sah aus wie immer.

# IV Die Tanzenden Nebel

# 11 Die blaue Perle

Langsam neigten sich die Osterferien dem Ende zu. Es war bereits Donnerstag. Kaya hatte also nur noch zwei Tage, an denen sie ganz allein zu Hause war.

An jenem Morgen, ihre Eltern waren bereits gegangen, verschlang sie ihr Frühstück wie eine Schlange und lief ins Wohnzimmer. Leise klopfte sie zweimal ans Fenster im Bild. Und Loppe? Sie war sogleich zur Stelle. Sie sprang aus dem Bild heraus direkt auf den Boden und begrüßte Kaya freundlich miauend.

„Guten Morgen, Uke."

„Schön dich zu sehen, Loppe." Kaya war ganz aus dem Häuschen. Flink sprang sie vom Sofa herunter auf den Boden und ging in die Hocke. Sie konnte sich nicht verkneifen, das goldene, wuschelige Fell der sprechenden Katze zu streicheln.

„Mrrr, mrrr, mrrr, ist das schön," schnurrte der goldene Schmusetiger zufrieden. „Hinter dem linken Ohr, da warst du noch nicht. Tut das gut. Mrrr, mrrr." Mittlerweile lag die Katze wie eine gewöhnliche Hauskatze auf dem Rücken und ließ sich kraulen. Eine Weile hatte es noch gedauert, bis die zwei so weit waren.

Loppe sprang auf die Beine, schüttelte ihr goldenes Fell zurecht und setzte sich.

„Also, Uke, heute gibt es keinen Zaubersaft zu trinken, sondern eine Perle. Eine Perle, die sich wie Traubenzucker im Mund auflöst. Jedoch Vorsicht! Wenn du in sie hineinbeißt, dann beißt sie zurück."

„Echt?", lachte Kaya. Sie glaubte ihr nicht.

Die langhaarige Katze hob sich vom Boden auf, drehte Kaya den Rücken zu und flüsterte etwas vor sich hin. Ein weißer Hauch von Nebel schwebte plötzlich im Wohnzimmer, der sich sogleich wieder ins Nichts auflöste. Kaya saß mit offenem Mund da und war erst wieder ansprechbar, als Loppe sich ihr zuwandte.

„Das ist sie, die blaue Perle. Stecke sie in den Mund und denke gut an meine Worte." Neugierig nahm Kaya die Perle entgegen, und ohne sie sich lange anzuschauen, steckte sie die in den Mund.

„Niam, niam, niam. Die ist ja wirklich lecker", sagte sie erstaunt, „sie schmeckt ja wie ein Fruchtbonbon." Sie wurde übermütig. Schlagartig kam ein lautes „Krrr" aus ihrem Mund heraus. „Aua! Aua!", rief sie sogleich.

„Hast du es etwa doch getan?" Loppe verdrehte ihre grünen Augen. „Da kann ich dir jetzt auch nicht mehr helfen. Strafe muss sein." Loppe lächelte mit einer vorgehaltenen Pfote und schüttelte mit dem Kopf.

„Mann, tut das weh!" Kaya jammerte und sprang dabei wie ein Känguru durch das ganze Wohnzimmer, und die blaue Wanduhr, die vielen Bücher in den Wohnzimmerschränken und auch das festliche Großmuttergeschirr sprangen im gleichen Takt mit ihr.

Ihre Zunge wurde immer dicker und der Mund schwoll an. Langsam löste sie sich auf, doch das geschwollene Gesicht blieb noch kurze Zeit da.

# 12 Das seltsame Haus

So schnell wie sie sich aufgelöst hatte, so schnell war sie wieder ganz. Sie stand auf einer saftigen grünen Wiese mitten in einem Buchenwald. Ihr Gesicht war immer noch geschwollen, und ihre Zungenspitze schaute heraus wie bei einer zischenden Schlange.

„Strafe muss sein", hörte sie eine leise Stimme sagen. Das Mädchen schaute sich um.

„Weeer issst daaa?", fragte sie unverständlich.

„Hahaha! Hahaha! Du siehst lustiger als lustig aus. Hahaha!" Die Stimme klang ziemlich eingebildet. Das konnte Kaya überhaupt nicht leiden.

„Ich kaaann im Mooooment nicht so guuut spreeechen. Aber weeenn es wiiieder geht, dann zeiiige ich's dir, du!", wisperte Kaya sauer.

„Und was machst du, wenn es nie wieder weggeht?", piesackte sie die unsichtbare Stimme weiter.

„Mit deeenen, die sich niiicht zeigen, reeede ich nicht!" Das seltsame Etwas war wieder still.

„Ja, daaann ebeeen nicht. Auaaaa!" Aus Versehen biss sie sich in die Zunge, die sogleich noch schlimmer anschwoll. Sauer auf sich selbst und eigentlich auch auf die ganze weite Welt, entschied sie sich, auf nichts mehr zu achten und geradeaus zu gehen. Das, was der Zauber ihr diesmal zum Anziehen gab, gefiel ihr sehr. Es war ein knielanges, violettes Kleid mit kurzen Ärmeln, und der Saum war mit vielen dicken Röschen besetzt. Sie lief eine ganze Weile durch den dichten Buchenwald und machte erst eine Pause, als sie von weitem auf der linken Seite ein kleines, aber feines Häuschen entdeckte. Ohne lange zu überlegen, lief sie dort hin und schaute ins Fenster hinein. Es war niemand da. Als sie in der hintersten Ecke in der Stube einen Spiegel entdeckte, musste sie einfach hinein. Die Tür war offen. Kaum stand sie in der Kammer, da fielen ihr schon die regenbogenfarbigen und schwarzen Wolldecken auf, die überall auf dem Boden, auf dem Sofa und den Stühlen lagen. Wunderliche graue Bilder an den grünen Wänden fielen ihr ins Auge, auf denen lauter kleine, ausdruckslose alte Frauen sich hin und her bewegten wie ein Pendel. Die Bilder jagten Kaya Angst ein. Sie sprang wie ein verängstigtes junges Rehkitz zur Seite und stieß mit dem Po an eine Kante. Rasch drehte sie sich um. Zum Glück war es nur ein hölzerner Tisch gewesen, auf dem eine schwarze Tischdecke auf der anderen lag wie gestapelte heiße Pfannkuchen.

Endlich gelangte sie zum Spiegel, der in der hintersten Ecke auf einer Kommode stand. Sie schaute hinein und erschrak. Ihr geschwollenes Gesicht sah wie ein dicker, roter Halloweenkürbis aus. Für langes Jammern hatte Kaya jedoch keine Zeit. Mit einem Mal ging die Haustür auf und eine bucklige, kleine und alte Frau im grünen, bodenlangen Kleid betrat die Stube. Kaya zuckte zusammen, blieb jedoch ängstlich sitzen und bekam kein Wort heraus.

„Was machst du hier bei mir?“, fragte das Großmütterchen mit einer überraschenderweise jungen Stimme und schaute Kaya dabei entgeistert an. „Und wie siehst du aus?“

Kaya war baff. So hatte sie sich schon immer eine Oma ausgemalt.

„...uldigung.“ Erstaunt brachte sie nur das eine unverständliche Wort heraus und stand wie hypnotisiert vom Stuhl auf.

„Wenn du schon mal da bist, dann kannst du auch hierbleiben“, sagte die alte Dame liebevoll und näherte sich dem Mädchen mit kleinen Schritten. Kaya stand immer noch wie eine Eins neben dem Spiegel und starrte die alte Frau mit großen Augen an.

„Habe ich vielleicht irgendwo etwas? Eine Spinne oder eine Giraffe auf dem Rücken?“ Die Bucklige schaute sich über die Schulter.

„Nein“, sagte Kaya, ihren schwarzen Lockenkopf schüttelnd.

„Na komm, Kind. Erst einmal sollten wir dein Gesicht wieder in Ordnung bringen. Was ist denn eigentlich passiert? Hat dich etwa ein Lufthauch gebissen?“ Sie schaute sich Kayas Gesicht von nahem an und bewegte ihren Kopf dabei im Kreis herum.

„Nein. Es waaar einnne baue Pele.“

„Eine Erle?“ Wieder schüttelte Kaya mit dem Kopf und bemühte sich, es deutlicher auszusprechen.

„Ennine Pellle.“, sagte sie, ihre Zunge fast malträtierend.

„Aaah, du meinst eine Perle, ja?“ Kaya nickte zufrieden. Doch sogleich verzog sie ihr Gesicht vor Schmerzen, weil sie sich schon wieder auf die Zunge biss.

„Die sind bissiger als bissig.“ Sie entfernte sich von Kaya ein paar Schritte. „Doch ich habe da etwas dagegen. Ich wäre doch nicht die Frau Otte, wenn ich dagegen nichts hätte.“ Frau Otte ging in die hinterste Ecke ihrer Stube und brachte einen großen, grünen, verstaubten Kessel mit, hob den Deckel hoch und holte aus ihm ein rundes, silbernes Töpfchen heraus, machte das silberne Töpfchen auf, tauchte zwei Finger hinein und nahm sie mit einer schwarzen, stinkenden Paste wieder heraus. So schnell konnte Kaya gar nicht gucken, wie sie die Paste in ihrem geschwollenen Gesicht hatte. Es wirkte sofort. Die Schwellung sowie die Schmerzen waren verschwunden. Neugierig lief Kaya zum Spiegel.

„Hurra! Ich bin wieder normal und kann wieder reden! Danke! Danke schön!“ Sie küsste und knuddelte die überraschte Frau, die wie ein erschrockenes Tier schaute.

„Schön, dass es geholfen hat.“ Die Oma stotterte und zitterte am ganzen Körper. „Doch wenn du mich noch einmal versuchst zu küssen, dann könnte es passieren, dass ich auseinanderfalle.“

Die Greisin in ihrem dunkelgrünen Kleid flatterte immer noch wie ein wackliger, grüner Wackelpudding. Ihre langen, silbergrauen Haare, die hinten mit einer grünen Feder zusammengesteckt waren, gingen auf einmal auf und standen wie elektrisiert in alle Richtungen ab. Kaya, die nur einen halben Schritt von Frau Otte entfernt stand, schaffte es nicht mehr, wegzukommen. Wie verhext blieb sie mit einem Bein in der Luft stehen. Fieberhaft versuchte sie, sich fortzubewegen, doch sie musste feststellen, dass sich ihre Beine wie kiloschwere Betonklötze anfühlten. So standen die zwei bewegungslos ein paar Minuten lang mitten im Raum. Langsam fing Frau Otte wieder an, sich zu beruhigen. Wie von Zauberhand fügten sich ihre Haare wieder zu einem dicken Knoten zusammen und die grüne Feder flog wieder ins Haar. Als sie halbwegs wieder sie selbst war, sprang sie mehrere Male bis an die Decke hoch und sagte dann:

„Wo sind wir stehen geblieben? Ah ja, genau da."

Doch Kaya stand immer noch da wie ein Storch auf einem Bein.

„Frau Otte, Sie haben mich doch nicht etwa vergessen, oder?"

„Wie? Was ist los?", fragte die bucklige Alte und schaute sich im Raum um.

„Ich bin hier! Hier bin ich!", rief das Mädchen verzweifelt. Doch die seltsame Frau reagierte nicht auf Kayas Rufe. Sie ließ sich Zeit, schaute sich das Mädchen nicht einmal an. In der Ecke stand ein mittelgroßer, brauner

Kessel. Aus diesem nahm die Bucklige in aller Seelenruhe eine kleine, grün gepunktete Tasse, schnitt ein paar vergammelte Kräuter ab, die auf der Fensterbank in grünen, dreieckigen Schalen wuchsen, und stopfte sie in die Tasse. Dann ging sie ein paar Schritte weiter, bückte sich zum Boden hinab, hob eine sonnengelbe Minigießkanne auf und schmiss sie mit Wucht in die Tasse hinein. Ein lautloser, schwarzer Funken kam plötzlich aus dem Gefäß heraus und ein grässlicher Gestank kam gleich hinterher. Kaya kniff die Augen zusammen und hielt sich die Nase zu. Sie ahnte nicht, dass Frau Otte schon fast vor ihr stand. Ohne das schwarzhaarige Mädchen darauf vorzubereiten, schüttete die Bucklige den Inhalt der Tasse auf sie. Wie ein Fisch zappelte und schnappte das tropfnasse Mädchen nach Luft.

„Na wer sagt's denn", sagte die Alte sehr zufrieden, „du bist wieder du."

Vor lauter Schreck fiel Kaya auf den nassen Boden. Sie war total geschockt und konnte kaum glauben, dass aus so einer kleinen Tasse so viel Wasser herauskam. Nur langsam paddelte sie sich aus der tiefen Wasserpfütze auf dem Boden heraus, die sich wie ein tiefes Loch anfühlte.

Nass wie eine Wasserratte, schaute sie sich ihr bis vorhin noch schönes violettes Kleid an. Von dem violetten Stoff war jedoch nichts mehr zu sehen. Es war jetzt giftgrün mit vielen hässlichen gelben Flecken. Und was machte die alte Dame? Sie ging derweil auf ihr grünes Sofa zu, sammelte alle bunten Decken auf und setzte sich schließlich auf sie alle drauf. Ohne das nasse Mädchen anzusehen, fing sie an, es auszufragen, als ob nichts geschehen wäre.

„Erzähle mal, was suchst du hier? Hast du dich etwa verirrt?“ Die tropfende Kaya stand vor ihr und wusste vor lauter Zittern nicht, was sie antworten sollte.

„Mirrrr istttt kaaalttt“, brachte Kaya nur drei Worte heraus. Ihre Zähne und sogar ihr Knochengerüst klapperten wie ein kaputtgehendes Geschirr so laut vor Kälte, dass Frau Otte Kaya endlich einen Platz auf dem Sofa anbot.

„Immer noch kalt?“ Sie legte Kaya zwei bunte Decken über den Kopf, die sie vom Boden aufhob. „Es tut mir sehr leid, was passiert ist“, versuchte sich die alte Dame zu entschuldigen und kraxelte dabei wieder auf ihren hohen Deckenthron. „Doch das passiert immer wieder, wenn mich einer drückt.“ Kaya verstand kein Wort von dem, was die Greisin gesagt hatte, weil sie die Decken auf dem Kopf hatte. Und so saßen die beiden da, Seite an Seite, wortlos, und nur der Wind spielte den Einzelunterhalter, bis Kaya das Wort ergriff.

„Ich bin wieder trocken, Frau Otte.“ Die alte Dame schaute sie skeptisch an.

„Ich bin wirklich wieder trocken, schauen Sie mal.“ Kaya zeigte auf ihr Haar. Sie konnte es selbst kaum glauben. Doch es stimmte.

„Ja, tatsächlich, und ich dachte, dass die Zauberdecken nur bei uns Klebrigen funktionieren“, sagte sie verwundert. Sie bückte sich nach unten zu Kaya und fasste ihr lockiges Haar an. Das Mädchen stand von dem kleinen Sofa auf, legte die beiden bunten Decken ordentlich wieder zusammen und reichte sie dem Großmütterchen nach oben, das wie die Prinzessin auf der Erbse auf ihrem Deckenstapel saß.

„Jetzt könnte ich Ihnen endlich erzählen, was ich hier will."

Die Bucklige nickte gelassen mit dem Kopf. Sie schmiss die beiden Decken herunter, die Kaya ihr hochgab, und hüpfte wie ein kleines Kind von ihrem hohen Deckenthron auf den Boden, um sie dort wie einen Teppich auszubreiten.

Als Frau Otte wieder auf ihrem hohen Deckenstapel saß, fing Kaya zu erzählen an. Die alte Frau hörte ihr aufmerksam zu. Nur ab und zu schlummerte sie mit offenen Augen ein und schnarchte dabei wie ein ausgewachsenes Schwein. Doch Kaya ließ sich davon nicht stören. Ein Stoß in den Deckenstapel, und die Frau Otte war wieder beisammen.

„So, so. Davon habe ich nichts mitbekommen", sagte sie, nachdem Kaya mit ihrer Erzählung am Ende war. „Ich glaube, ich muss die Kräuter ändern. Die verschleiern wieder alles." Die alte Frau machte eine kurze Verschnaufpause und schaute sich ihre Fensterbank an. „Ich weiß aber immer noch nicht, wie du heißt."

„Mein Name ist Uke", antwortete Kaya und schaute zu der alten Dame nach oben. Frau Otte schloss für kurze

Zeit ihre grünen Augen, holte ganz tief Luft und sagte mit ihrer jungen Stimme.

„Weißt du, Mädchen, ich hatte schon sehr lange keinen Besuch mehr. Schon seit dreihundert Jahren nicht mehr. Also entschuldige, wenn ich etwas vergessen habe." Sie schaute Kaya direkt ins Gesicht. „Das heißt aber nicht, dass ich seitdem keinen mehr gesehen habe. Ich bin einmal in der Woche auf einem Treffen der alten klebrigen Frauen "

„Und was machen Sie da?"

„Wir erfinden neue klebrige Frauen ..." Kaya unterbrach sie.

„Wie jetzt? Sind Sie etwa nicht echt?"

„Eben klebrig. Wir alle sind hier so entstanden. In einer Nebelfabrik aus einer Kleistermasse. Das ist hier so üblich."

„Also, in unserer Welt werden wir geboren. Wir sind erst jung und dann alt. Warum ist das hier anders?"

„Ich glaube, du weißt überhaupt nicht, wo es dich hinverschlagen hat, was? Das ist das *Land der Alten.* Die vierzehn Nebel sind die Herrscherinnen hier. Du wirst ganz schön aufpassen müssen, mein Kind, damit sie dich nicht entdecken. Sonst wirst du so durchsichtig wie sie, jedoch nicht zu ihnen gehören. Höre nicht zu, wenn sie singen. Das ist die allerwichtigste Regel in diesem Land." Frau Otte unterbrach das Gespräch, hüpfte von ihrem Deckenstapel herunter und ging wortlos zum anderen Ende der Stube. Wenige Augenblicke später kam sie mit einer vergammelten, gelben Tasche zurück, nahm aus ihr ein schwarzes Tuch heraus, breitete es vor Kayas Füßen auf dem Boden aus, sprang darauf und wurde plötzlich für einen kurzen Moment jung.

„Das schwarze Tuch da“, fragte sie verwundert, „ist das etwas wie ein …“ Kaya wurde mit einem lauten, unangenehmen Aufschrei unterbrochen.

„Pscht!“, flüsterte die Bucklige und schaute ziemlich erschrocken aus dem Fenster nach links und rechts. „Das darf keiner hören“, flüsterte sie wieder, zitternd wie ein Blatt im Sturm.

„Gut, gut“, erwiderte das Mädchen genauso flüsternd.

Nachdem sich die seltsame Frau wieder gefasst hatte, steckte sie das schwarze Tuch in die gelbe Tasche zurück. Wortlos, fast gnadenlos, nahm sie alle schwarzen Decken von ihrem Tisch herunter und legte sie auf den daneben stehenden Stuhl. Trotz ihres hohen Alters bog sie sich zu Boden, hob einen grünen Teller, eine gelbe Tasse auf und stellte sie auf den Tisch, lief dann zügig nach draußen und kam sofort mit einem grünen Fass zurück, aus dem etwas sehr Klebriges und Gelbes heraustropfte. Und auch das stellte sie auf den Tisch. Keinen einzigen Blick warf sie dem Mädchen mehr zu. Sie schien Luft für sie zu sein. Kaya fühlte sich auf einmal dort nicht mehr wohl. Sie wollte auf der Stelle da raus. Höflich bedankte sie sich bei der alten Frau für ihre Hilfe und verließ enttäuscht das kleine Haus. Traurig nahm sie den Weg, der geradeaus vor ihr lag. Sie kam jedoch nicht weit. Ein wunderschöner Gesang erreichte ihre Ohren und das Mädchen blieb wie verzaubert stehen.

# 13 Das Lied der vierzehn Nebel

**Vor lauter Bäumen in jenem Wald konnte Kaya erst einmal keinen entdecken. Sie ging noch ein paar Schritte vor, und erst jetzt konnte sie die Worte des zauberhaften Liedes richtig verstehen.**

*„Uns vierzehn darf keiner beim Tanzen zusehen, sonst wird demjenigen etwas Schlimmes geschehen.*

*La, la, la, la, la.*

*Wir sind die vierzehn Nebel, die singen, tanzen und fliegen und keinen Prinzen abkriegen.*

*La, la, la, la, la.*

*Wir sind so schön wie der blaue Himmel an heißen Tagen, sich vor uns zu verstecken wird niemand wagen.*

*La, la, la, la, la.*

*Wer sich doch traut, sich vor uns zu verstecken, der wird zu einem Nebel, wenn wir ihn entdecken.*

*La, la, la, la, la.*

*Nur eines kann diesen Zauber aufheben. Ein Strahl von der Sonne lässt uns wieder leben.*

*La, la, la, la, la.“*

**Kaya stand mit offenem Mund da, versteckt hinter einer dicken Buche. Sie traute ihren Augen nicht, was sie sah. Es waren gar keine Nebel, wie sie es eigentlich er-**

wartet hatte. Es waren vierzehn Frauen, die herrliche lange, regenbogenfarbige Kleider anhatten. Ihre bis zum Boden reichenden Haare, die aus purem Gold waren, schimmerten wie die Mittagssonne. Sie waren sehr groß und dünn wie Spargel. Auf ihren Gesichtern waren keine Falten und auch kein Lächeln zu sehen. Sie tanzten im Kreise mit geschlossenen Augen und sahen aus, als ob sie nicht ganz da wären. Die Kronen, die auf ihren Köpfen saßen, rutschten keinen Millimeter, denn sie bewegten sich so leicht wie eine Feder. Kaya versuchte leise zu sein wie ein Mäuschen. Doch unglücklicherweise stand sie auf einem morschen Stock, der plötzlich brach. Die Nebel hörten sofort auf zu singen und zu tanzen.

„Was war das?", fragte ein Nebel einen zweiten. Mit einer Stimme, die wie eine Glocke klang.

„Da hat uns einer zugesehen und auch unser Lied gehört. Da bin ich mir ganz sicher. Was sagt ihr dazu, Schwestern?"

„Kommt, macht euch unsichtbar. Den oder die kriegen wir schon!"

Kayas Herz schlug wie ein heiß gelaufener Motor. Sie bekam eine riesengroße Angst. Ihre Beine wurden zu schweren Holzklötzen und sie konnte sich nicht mehr von der Stelle bewegen.

„Was mache ich jetzt?", überlegte sie. Ihr fiel auf die Schnelle jedoch nichts Passendes ein. Ihr Kopf war leer. Die Angst beherrschte ihr ganzes Ich. Minuten vergingen und sie stand da wie angewurzelt. Die Stimmen der Nebel kamen immer näher. Für einen Augenblick schloss Kaya die Augen ganz fest zu und genauso schnell öffnete sie sie wieder. Hastig schaute sie sich den Waldboden an. Nicht weit von ihr, nur ein paar Schritte weiter, erblickte sie ein großes Loch im Boden. Es war eine Höhle. Eine große und breite Höhle. Sie schüttelte die Angst von sich ab und lief so schnell wie sie konnte dorthin.

„Schwestern, seht ihr schon was?“, hörte Kaya einen Nebel sagen, der plötzlich in ihrer unmittelbaren Nähe war. Aus Angst traute sie sich kaum zu atmen.

„Schwestern, ich glaube, da war doch nichts. Wahrscheinlich spielte uns der Wind nur einen Streich.“ Mit diesen Worten entfernten sich die Nebel wieder, wurden allmählich durchsichtig und schließlich verschwanden sie ganz. Erleichtert sprang Kaya wieder aus ihrem Versteck heraus, klopfte sich die bunten Blätter vom Kleid ab, schaute sich um und sagte erleichtert: „Da habe ich aber nochmal Schwein gehabt.“ Doch ihre Freude hielt nicht sehr lang an. Irgendjemand schnappte von hinten nach ihrem Arm. Erschrocken drehte sich das Mädchen um.

„Da haben wir dich! Du dachtest, dass du jetzt in Sicherheit bist. Doch wir sind nicht nur schön, sondern auch schlau. Wir kennen jedes Versteck in unserem Reich. Du hättest uns nicht zuhören und auch nicht zuschauen dürfen! Hahaha! Hahaha! Hahaha!“, sagte ein schöner Nebel grimmig mit geschlossenen Augen, in ihrer riesigen, sichtbaren Gestalt.

„Ich wollte das nicht! Ich schwöre! Es war bloß ein blöder Zufall …" Die Nebel ließen sich jedoch auf kein Gespräch ein. Zwei von ihnen schnappten sich Kayas Arme, zwei andere ihre Beine, und so flogen sie mit ihr davon. Nach einem ziemlich langen Schwebeflug hielten sie vor einem aus Nebel geformten Schloss an.

„So Schwestern, jetzt muss das passieren, was passieren muss. Seid ihr bereit?"

All die andern stimmten ihr zu und bildeten einen Kreis um das verschreckte Mädchen. Sie hoben ihre Arme hoch und sprachen:

*„Alitti. pontitti! Sie hat es gewagt, uns vierzehn zuzusehen! Ablatti, potati! Jetzt muss, was seit langer Zeit mit Neugierigen in unserem Land passiert, geschehen!*

*Akotte, potte, sumbrer bumbrer. Netti, konfetti, Kotra bodra. Da hilft keine List, nun wird sie zu dem, was in unserem Lied schon angedroht ist!"*

Mit riesigem Krach und vielen Blitzen verwandelte sich Kaya langsam, ohne dass sie etwas dagegen tun konnte, in einen Nebel. Die vierzehn Tanzenden freuten sich, dass sie die Neugierde wieder einmal bestrafen konnten, und sie blieben so lange, bis Kaya sich bis zur letzten Haarspitze verwandelte.

# 14 Der neue Nebel

Nachdem alles vorbei war, fühlte sich Kaya leicht wie eine Feder. Ihre Arme und Beine spürte sie gar nicht mehr. Und nicht einmal Traurigkeit konnte sie in diesem Moment verspüren.

„Das fühlt sich gar nicht so schlecht an. Das macht ja richtig Spaß. Juhu!" Kayas Nebel schwebte wie ein nebliger Vogel durch die Lüfte. Und sie bekam überhaupt nicht mit, dass sie plötzlich mit einem Mal ganz woanders war. Vor ihren Augen breitete sich ein dunkler, mittelgroßer Hügel aus und über ihm am Himmel schwebte eine dicke Suppe aus Nebel. Doch Kaya kam das gar nicht seltsam vor. Aus Interesse an dem Hügel flog sie dorthin. Neugierig schaute sie sich den dunklen, glatzköpfigen Berg ganz genau von allen Seiten an, und als sie davonschweben wollte, hörte sie plötzlich Stimmen, die vom Himmel kamen.

„Ein neuer Nebel! Ein neuer Nebel! Seht ihr ihn? Er ist ja noch so glücklich und begeistert, dass er nun fliegen kann", sagte eine traurig klingende Stimme.

„Aber nicht mehr lange!", antwortete eine andere Stimme mürrisch.

„Wo bin ich denn hier gelandet?", fragte sich Kaya verwundert, „und wo ist denn das neblige Schloss geblieben?"

„Na, du weißt gar nicht mehr, wie du hier hingekommen bist, habe ich recht? Na, geflogen natürlich, du neuer Nebel! Und das neblige Schloss hast du schon längst hinter dir gelassen", antwortete eine unsympathische Frauenstimme. Auf einmal fingen ganz viele Stimmen an, kreuz und quer zu reden.

„Wo seid ihr denn? Ich kann euch alle gar nicht sehen." Wunderte sich Kaya.

„Hahaha! Hahaha! Hahaha! Du kannst uns nicht sehen? Dich kann man genauso wenig sehen! Hahaha! Hahaha! Hahaha!"

„Seid ihr auch Nebel?", fragte sie vorsichtig.

„Ja, du Neblidebli! Wir waren genauso neugierig wie du und jetzt sind wir alle Nebel", antwortete ihr eine Kinderstimme.

„Und was gefällt euch daran nicht? Das macht doch riesengroßen Spaß, durch die Lüfte zu schweben. Euch etwa nicht?"

„Wart's ab", sagte eine Stimme ernst. „Wenn sie dich in die kältesten Ecken des Reiches schicken, dann wirst du es bereuen, so etwas gesagt zu haben. Das verspreche ich dir jetzt schon. Viele, die dort hinmussten, sind nie wieder zurückgekommen."

„Ja genau. Ich war einmal ein König Namens Kikakro. Ich hatte ein riesiges Königreich mit viel Gold und Silber.

Und eines Tages auf meiner Reise hörte ich die vierzehn singen. Ich konnte nicht anders. Ich habe meinen Dienern befohlen, stehen zu bleiben, die mich aber zu warnen versuchten. Aber ich wusste es besser", erzählte der König traurig, „und so ist es dann passiert. Es sind schon sehr viele Jahre seitdem vergangen. Mein Schloss gibt es schon lange nicht mehr, so wie meine Untertanen. Ich wäre gerne wieder ein König. Und du sagst uns, dass das Spaß macht, ein Nebel zu sein!" Der König fing an, ganz laut zu schluchzen. Kaya, die von dem Zauber immer noch benommen war, lachte nur frech.

„Ach, lasst sie doch. Es hat noch keinen Zweck ihr Nebel, sie ist doch von dem Zauber immer noch benommen", sagte eine nett klingende, ältere Stimme.

Es wurde still. Und die Stille dauerte nur ein paar Minuten. Auf einmal wurde es Kaya ganz anders. Sie verspürte stechende Schmerzen in ihrer nebligen Gestalt. Sie jammerte und drehte sich dabei, ohne es zu wollen, im Kreise herum wie ein Wirbelsturm. Nachdem ihre neblige Gestalt endlich zum Stehen kam, rief eine Stimme wieder:

„Ihr hier überall. Sie ist wieder da!"

„Wer spricht denn da?", rief Kaya beängstigt.

„Aber natürlich! Wenn sie wieder sie ist, weiß sie doch gar nichts mehr von unserem Gespräch", sagte eine Stimme zu den anderen, und sogleich wandte sie sich Kaya wieder zu.

„Also, wir sind Nebel. Und du bist jetzt auch einer …“, Kaya verstand nicht, was die Stimme damit meinte und schnitt ihr mittendrin das Wort ab.

„Wieso, was ist denn passiert?“, fragte sie verwirrt. „Ich kann mich ja an rein gar nichts mehr erinnern.“

„Du bist jetzt ein Nebel“, wiederholte die gleiche Stimme noch einmal. „Unfreiwillig, aber trotzdem einer.“ Langsam kam Kayas Erinnerung wieder.

„Was habe ich bloß getan! Ich hätte auf die Frau Otte hören sollen!“, schluchzte sie. „Und wie komme ich jetzt wieder nach Hause?“

„Wieso? Bist du etwa nicht zu Hause? Wir, ihr und sie sind doch auch da. Ist das etwa nicht zu Hause?“, sagte jemand verwirrende Worte.

„Nein!“, antwortete sie hin und her schwebend. „Mein Zuhause ist hinter dem magischen Bild und nicht hier!“ Kaya war wütend auf sich selbst.

„Was für ein Bild? Kennt einer von euch dieses Bild?“

„Nein, nein, nein!“, bekam die Stimme von den anderen zur Antwort.

„Ganz einfach, ich bin nicht von hier!“, wiederholte Kaya. „Mich schickt die Loppe, die Königin von Katzien. Ich soll jemanden finden, der in eurer magischen Welt alles durcheinanderbringt“, sagte sie traurig und blieb für einen kurzen Moment stehen. „Ich weiß noch nicht, wer hinter dem Ganzen steckt …“ Ein paar bekannte Stimmen fielen ihr diesmal ins Wort.

„Ja, ja, ja.“

„Lasst mich doch erst einmal ausreden“, sagte sie mit trauriger Stimme, leicht verärgert. „Ich werde es ganz bestimmt bald herauskriegen, wer dahintersteckt. Und hier scheint es, als ob dasselbe Problem bei euch auch Platz genommen hat.“

„Ja, ja!“, schrien die Nebel gelangweilt in Chor.

Enttäuscht, dass man ihr nicht richtig zuhören wollte, erzählte sie trotzdem weiter.

„Ich muss unbedingt herausfinden, wie ich sie und euch alle wieder zurückzaubern kann. Es wird bestimmt nicht einfach werden, aber ich muss es schaffen! Ich will wieder nach Hause, zu meinen Eltern, und sie wollen bestimmt keinen Nebel zur Tochter!“

„Nein, nein, nein!“, antworteten die Nebel wieder im Chor.

„Hat einer von euch vielleicht eine Idee, wie wir hier alles wieder in Ordnung bringen könnten?“

„Ich hätte da vielleicht eine Idee“, meldete sich eine Kinderstimme zu Wort.

„Wer bist du?“

„Ich war einmal ein kleiner Junge. Das ist aber schon sehr lange her. Mein Name war Titratri, doch jetzt heiße ich nur noch Nebel.“

„Schöner Name, Titratri. Aber wir haben nicht viel Zeit“, mischte sich eine andere Stimme ins Gespräch. Titratri sprach weiter. „Hast du das Lied vielleicht zu Ende gehört? Das wäre nämlich die Lösung.“

„Ich weiß es nicht. Sie hörten bei *„... nur ein Strahl von der Sohne lässt uns wieder leben“* auf.

„Nebel, habt ihr das Lied auch bis zu diesen Worten gehört?“, fragte Titratri aufgeregt. Von überall ertönte ein „Nein! Nein! Nein!“

„Dann bist du also die Erste, die das Lied zu Ende hören konnte. Zu unser aller Glück.“

„Einen Strahl von der Sonne brauchen wir also“, sagte Kaya sehr viel mutiger.

„Doch wie bekommen wir ihn und was muss man mit ihm machen? Das ist hier die Frage“, mischte sich eine krähende Frauenstimme ins Gespräch.

„Wir sind doch alle Nebel, schweben wir doch einfach hin und holen einen Sonnenstrahl herunter,“ schlug Kaya vor.

„Willst du dich etwa so kurz davor auflösen?“, erwiderte eine neue Stimme empört.

„Ja dann, wie machen wir es denn nun?“ Diesmal bekam das Mädchen keine Antwort. Alles wurde plötzlich zu einem stillen Ganzen.

„Was ist denn los? Hat es euch etwa die Sprache verschlagen?“, rief sie.

Jedoch statt einer Antwort bekam sie nur ein leises „Pst!“ zugeflüstert.

„Was meint ihr damit? Da ist doch nichts.“ Kaya schaute sich um und schüttelte sogleich mit ihrem nebligen Kopf. „Also, ich sehe da nur ein bisschen Nebel, sonst nichts.“

Außer Kaya waren all die anderen mucksmäuschenstill. Ohne zu ahnen, was auf sie zugeschwebt kam, drehte sich Kaya seelenruhig wieder um. Und da war die Gefahr. Die vierzehn Nebel waren schon da.

„So, so. Ein Gespräch! Das finden wir immer gut. Nicht wahr, Schwestern?"

„Oh, ja. Gespräche sind gut, doch Lieder sind noch viel besser. Hahaha, hahaha, hahaha!"

„Ja, genau", sagte brummig ein anderer Nebel.

„Du, neuer Nebel!" Ein Nebel zeigte mit einem langen, dünnen Finger auf die neblige Kaya. „Du hast heute deinen ersten Nebeltag. Du wirst nach *Kaltazien* schweben, und wenn du die Kälte überlebt hast, dann ... Dann bleibst du eben da! Hahaha, hahaha, hahaha! Und ein bisschen neblig, neblig!"

Kaya wusste nicht, wie ihr geschah. So schnell wie sie konnte, schwebte sie in die Richtung, die man ihr zeigte, und konnte sich nicht einmal dagegen wehren. Bekümmert dachte sie an ihre Eltern, die sie vielleicht nie wiedersehen würde. Da sie nur ein nebliges Etwas war, konnte sie nicht einmal weinen, obwohl ihr nebliges Herz voller Traurigkeit war.

# 15 Das Ass im Ärmel

Kaya schwebte durch viele graue Wälder, Wiesen und Berge. Und schließlich, nach vielen Stunden, war sie an die Grenze von *Kaltazien* angelangt. So weit das Auge reichte, blickte die neblige Kaya auf riesige Berge im Schnee. Mit riesigen Augen schaute sie sich die Eiszapfen an, die vom Himmel herunterhingen und die Größe eines Regenwaldbaumes hatten. Verzweifelt setzte sich Kaya auf einen grauen, eiskalten Stein. Sie hatte große Furcht, auf die eisige Seite hinüberzugehen.

„Was mache ich denn jetzt?“, jammerte sie verzweifelt. „Wenn ich in die Kälte schwebe, bin ich tot, und wenn ich es nicht tue, dann wahrscheinlich auch.“ Sie fühlte sich hilflos und verlassen wie ein frisch geschlüpftes Küken, das von seiner Mama alleingelassen wurde.

Auf einmal nahm der unglückliche Nebel eine Stimme wahr. Erschrocken schaute sie sich um, wurde ein wenig munter, und sogleich fiel sie wieder in sich zusammen.

„Hier oben, Nebel“, sagte eine Stimme gläsern. Zögernd schaute Kaya zum Himmel hoch. Ein dicker Wassertropfen kam unvermutet von oben herunter und schlug mit mörderischem Krach auf den verschneiten Boden, direkt vor das traurige Mädchen. Der neue Nebel zuckte zusammen.

„Sei nicht traurig und hab keine Angst, kleiner Nebel. Womöglich kann ich dir helfen." Wieder kam ein mächtiger Tropfen herunter. Doch das durchsichtige Mädchen bekam diesmal nichts davon mit. Sie schwankte hin und her, wie ein Schilfrohr im Wind, und saß immer noch auf dem gleichen eiskalten Stein. Sie hörte zu und doch wieder nicht. Eigentlich war sie gar nicht richtig da. Die Gedanken schwebten ihr durch den Kopf wie durch einen Sturm gescheuchte Wolken.

„Ich bin jetzt ein Eiszapfen", fuhr die Stimme fort, „doch vor ein paar großen Schneewehen war ich genauso ein Nebel, wie du jetzt einer bist." Kaya interessierte es recht wenig. Sie wollte überhaupt nicht hören, wer oder was die Stimme mal war. Sie hatte genug mit ihren eigenen Problem zu tun.

„Bitte entschuldige die Tropfen, kleiner Nebel", redete der Eiszapfen pausenlos weiter, „doch ich kann nichts dafür. Wenn es hochkommt, habe ich nur noch ein paar kalte Streifenbogen vor mir, und dann, dann bin ich ausgetropft. Und mein kaltes Leben ist dann für immer und ewig verflossen. Du kleiner Nebel sollst also meine Nachfolgerin werden, ja?" Endlich hörte die Stimme auf zu reden.

„Wenn du es sagst, wird es wohl so sein", sagte die durchsichtige Kaya leise, beinahe abwesend. Sie schwankte immer noch hin und her, doch für einen kurzen Moment wurde sie munter.

„Ach, Eiszapfen?"

„Jaaa."

„‚Womöglich kann ich dir helfen' – hast du vorhin gesagt. Stimmt das?"

„Freilich." Die Stimme war beinahe aus dem Häuschen, dass der neue Nebel endlich etwas sagte.

„Einen Versuch ist es wert", murmelte Kaya zu sich selbst und starrte auf den vereisten Boden.

„Und, brauchst du jetzt meine Hilfe, oder nicht?" Der Eiszapfen wurde ungeduldig.

„Ja, ja. Warte doch mal." Kaya musste sich sammeln und auch beruhigen. Die Gedanken schwirrten ihr überall durch den Kopf, wie ein Wespenschwarm um einen Wurstteller. Doch leider nicht die richtigen. Es dauerte eine Weile, bis sie sie endlich beisammenhatte.

„Ich habe es jetzt!", stieß sie einen Freudenschrei aus und flog einen halben Meter in die eisige Luft.

„Fange doch endlich an, Nebel! Ich platze schon vor Neugier."

„Die ganze Geschichte werde ich dir jetzt nicht erzählen. Es würde viel zu lange dauern." Kaya war fast sie selbst. „Also, ich brauche einen Strahl von der Sonne. Am besten schon gestern." Das Plappermaul antwortete nicht. Nicht einmal ein Tropfen kam zum Boden herunter.

„Was sagst du jetzt, Eiszapfen?" Kaya hatte für einen kurzen Moment einen Funken Hoffnung.

„Schrei nicht so, Nebel. Ich bin noch da. Meine Zeit ist noch nicht gekommen!“, sagte er ganz empört. Das durchsichtige Mädchen wurde langsam ungeduldig.

„Kannst du mir jetzt helfen oder nicht?“, wollte sie wissen.

„Nein!“ Seine Antwort blieb in der kalten Luft wie ein lautes Echo hängen. Kaya wollte das Nein jedoch nicht akzeptieren.

„Wie, ‚nein‘?“

„Es ist unmöglich!“, erwiderte der Eiszapfen krähend wie ein Rabe. „Das kann keiner von uns schaffen. Das bedeutet unseren Tod!“

„Und so ist die Hoffnung wieder dahin. Diese Unterhaltung war also gar nicht nötig, was?“, erwiderte Kaya Nebel noch viel betrübter als vorhin.

„Warum?“ Der Eiszapfen hatte Kayas Spruch scheinbar nicht ganz begriffen.

„Weil das so ist!“, schrie sie so laut wie es nur ging aus den nebligen Lungen heraus, so dass der verschneite Boden sich kurzzeitig anhob. Für das Mädchen war dieses Gespräch beendet. Ihr nebliges, trauriges Herz zog sich immer mehr zusammen. Die Traurigkeit erreichte ihre Obergrenze. Ihre Verzweiflung wickelte sich wie ein Spinnennetz um sie herum und schnürte ihren nebligen Körper immer fester zu. Der Eiszapfen hatte alles versucht, sie wieder aufzumuntern, doch Kaya wollte nichts mehr von ihm wissen. Mit Muffensausen saß sie immer noch an der Grenze zwischen *Kaltazien* und dem Land, das keine

Farben mehr hatte und versuchte ihre Gedanken auf den richtigen Weg zu bringen.

Aus heiterem Himmel fing es langsam an zu dämmern und dann so richtig düster zu werden. Da Kaya als Nebel nicht mehr zu schlafen brauchte, überlegte sie die ganze Nacht, wie man den Strahl vielleicht doch noch beschaffen könnte. Schneller als sie gucken konnte kam auch schon der Tag, doch ihr war immer noch nichts eingefallen. Sie wollte schon aufgeben und auf die andere Seite in die Kälte schreiten. Mit einer Nebelhälfte war sie fast da, als ihr plötzlich etwas einfiel.

„Na, klar!“ Die Durchsichtige zog sich schnell wieder zurück.

„Wieso habe ich nicht gleich daran gedacht! Der Klumpen! Der Klumpen!“, freute sie sich wie ein Honigkuchenpferd. „Wie war das nochmal? Ah ja, genau. Ganz fest an einen Wunsch denken und dann, dann wird er erfüllt! Genau, so war das!“ Sie tanzte vor Freude wie eine Tintenfeder, die auf einem Blatt Papier nur so hin und her rutscht. Kaya strengte sich an, versuchte sich zu konzentrieren. Sie schwebte hektisch hin und her. Ihre neblige Gestalt wurde dabei immer nebliger und die Kälte immer eisiger.

„Es klappt nicht! Vielleicht hat der Wind etwas durcheinandergebracht!“ Kaya versuchte es immer und immer wieder. Sie wollte und konnte nicht aufgeben. Nach einer Weile der großen Verzweiflung verwandelte sich Kaya still und leise, ohne Krach und ohne Blitze, wieder in sich selbst. Beinahe hätte sie dabei den sehr langen, ziemlich warmen Sonnenstrahl fallen gelassen, der sich auf einmal in ihrer Hand befand.

„Es hat geklappt! Hurra! Jetzt wird alles wieder gut! Ich komme nach Hause! Hurra! Hurra!“, jubelte sie ausgelassen. Vor lauter Freude bemerkte sie gar nicht, was um sie herum alles geschah.

„Ich kann meine Arme und Beine wieder spüren!“, schrie jemand, der auf einmal von oben heruntersprang, und ein paar andere folgten ihm.

„Ich auch!“

„Ich genauso!“

Von allen Seiten kamen freudige Schreie von erlösten Menschengestalten, die sich sogleich von der Stelle entfernten. Auch die Eiseskälte verwandelte sich langsam in ein warmes Lüftchen. Die farblose Welt hatte ihre grüne Farbe wieder und die hohen Schneeberge lösten sich mit einem leisen „Puff“ auf.

„Das wäre schon mal geschafft. Drei Wünsche habe ich jedoch noch. Der erste wäre: Ich will wieder an die Stelle, von wo aus die vierzehn Nebel mich hierhin geschickt haben.“ Kaum dachte sie ganz fest daran, war sie schon da. Sie traute ihren Augen nicht, was sie da sah. Eine große Menschenmenge stand vor demselben Hügel, der nicht mehr kahl, sondern saftig grün war, und sie alle freuten sich wie kleine Kinder, deren allergrößter Wunsch endlich erfüllt worden war. Aus dieser Menge hörte Kaya ein paar Stimmen heraus, die sie schon kannte.

„Hallo, ihr da!“, machte sie auf sich aufmerksam. „Ich war der neue Nebel, wisst ihr das noch?“ Die entzauberte Menschenmenge drehte sich um.

„Ja, natürlich!“, sagte der König, den Kaya sofort an seiner Stimme erkannte.

„Du warst die Erste, die das Lied der Nebel zu Ende hören konnte, richtig?“

„Ja!“, antwortete sie fröhlich. „Und ich habe es auch geschafft, den Strahl von der Sonne zu bekommen.“

„Und wie? Und was musstest du damit machen?“, fragte eine junge Frau das Mädchen und drehte dabei ihren Kopf neugierig zur Seite.

„Ich hatte da noch ein Ass im Ärmel und beinah hätte ich es vergessen.“

Mittlerweile stand sie direkt, Nase an Nase, vor dem jubelnden Menschenauflauf.

„Ein Ass, was ist denn das? Tut das weh?“, wollte der König wissen, der immer noch wie ein König aussah mit seiner großen, goldenen Krone auf dem Kopf.

„Nein“, erwiderte Kaya und grinste dabei. „Das sagt man nur so bei uns. Ich habe etwas, was mir helfen kann, aber nur, wenn ich ganz fest daran denke. Und ich Dusel habe nicht mehr daran gedacht.“

„Dann hatten wir wirklich Glück, dass es dir noch rechtzeitig eingefallen ist. Nicht wahr, Leute?“ Ein gesungenes, lautes „Ja“ kam von überall her zur Antwort.

„Doch was musstest du mit dem Sonnenstrahl jetzt machen?“, stellte dieselbe Frage dieselbe Frau noch einmal.

„Ich musste gar nichts damit machen“, antwortete Kaya geduldig. „Ich habe ihn bloß in den Händen gehalten und alles andere passierte von selbst.“

„Ah ja.“ Die Fragende war mit dieser Antwort zufrieden.

Ein kleiner, blonder Junge in löchrigen Kleidern quetschte sich durch die Menge nach vorne. Er verbeugte sich ganz tief vor dem Mädchen und sagte:

„Ich bin, Titratri. Weißt du noch?“

„Ja, klar. Der Junge, der viel älter ist als er aussieht. Stimmt es?“

„So ungefähr“, antwortete Titratri überrascht, dass Kaya das noch so genau wusste, „ich möchte mich bei dir im Namen von uns allen bedanken. Du hast uns von dem langweiligen Nebeldasein befreit. Noch einmal im Namen unseres Landes *Buntewelt,* danke.“ Noch einmal verneigte sich der Junge tief vor Kaya und die restliche bunt angezogene Menschenmenge machte es ihm nach. Kaya fühlte sich wie eine große Königin. Wie jemand, der sehr wichtig war.

„Ach, das war doch gar nichts“, sagte sie ganz verlegen und kämpfte tapfer mit ihren Glückstränen. „Das würde ich immer wieder tun. Doch ich muss jetzt weiter. Es war richtig schön, euch kennengelernt zu haben. Bis irgendwann mal dann.“ Sie warf der Menge einen Luftkuss zu.

Der Abschied fiel ihr sehr schwer. Doch sie musste gehen. Schweren Herzens drehte sie sich um und ging so weit, bis man sie nicht mehr sah. Dann dachte sie an ihren zweiten Wunsch und fand sich an der Stelle wieder, wo das Nebelschloss lag. Auch hier war alles verändert. Viel netter, freundlicher und auch viel heller. Und wieder hörte sie ein Lied:

*„Wir sind die vierzehn Nebel im großen Glück,*
*denn etwas Schönes gab uns das Leben zurück.*
*La, la, la, la, la.*
*Wir tanzen und wir singen. Niemand braucht uns mehr zu fürchten, wenn unsere Lieder erklingen.*
*La, la, la, la, la.*
*Wir fühlen uns so wundervoll, dass es niemals mehr aufhören soll.*
*La, la, la, la, la.*
*Wir sind die vierzehn Nebel, die sehr glücklich sind. Und das verdanken wir allein dem freundlichen Menschenkind.*
*La, la, la, la, la."*

Die Nebelschwestern tanzten nicht mehr mit geschlossenen Augen umher. Ihre langen Kleider in Regenbogenfarben funkelten noch greller und ihre Gesichter lächelten fast viel zu sehr. Ihre beinahe vier Meter langen Haare waren auch nicht mehr so, wie sie einmal waren. Sie glänzten in so einem kräftigen Gold, dass man sie kaum ansehen konnte. Doch eins war an ihnen gleich geblieben, ihre federleichte Eleganz. Kaya versteckte sich hinter einer nebligen Säule und war entzückt. „So tanzen wie die Nebelfrauen würde ich auch gerne können", dachte sie. Da die Haare der Nebel sie wie die Sonne blendeten, stand sie mit leicht geschlossenen Augen da. Es hatte nicht sehr lange gedauert, und sie stand nicht mehr allein da.

„Nenne, nenne Menschengestalt“, begrüßte eine von den Nebeln sie. „Was führt dich denn zu uns, um diese Zeit?“ Die Nebelkönigin schaute Kaya tief in die Augen mit ihren länglichen, himmelblauen Katzenaugen. Wie eine schlanke Weide beugte sie sich plötzlich über sie und schnupperte an ihrem lockigen Haar. Obwohl das Mädchen wusste, dass alles wieder in Ordnung in diesem Teil der magischen Welt war, hatte sie trotz allem Beine wie Gummi.

„Ich … ich …“, stotterte sie.

„Ja?“ Strahlend wie eine Sonnenblume starrte der Nebel das Mädchen an.

„Warum hast du denn Angst vor mir? Das verstehe ich nicht“, fragte der Nebel verwundert. Mittlerweile kamen auch ihre dreizehn Schwestern zu den beiden angeflogen. Und sie alle schauten sich die verängstigte Kaya neugierig an.

„Woher kommst du?“, kam von überall her. Sie alle kamen noch viel näher.

Das Mädchen verspürte auf einmal, wie sich ihre Lungen mit Angst füllten, und sie wollte schleunigst da wieder weg. Fest in Gedanken dachte sie nur noch an eins: wieder zu Hause zu sein. Kaum hatte sie es im Sinn, da saß sie auch schon auf ihrem weißen Sofa und hörte ihre Mutter rufen, die viel zu früh nach Hause kam.

„Kaya, bist du zu Hause? Ich bin wieder da.“

„Mutti, hier bin ich.“ Die Mutter ging der Stimme nach. „Komisch. Ich war gerade hier, aber ich habe dich nicht gesehen. Erst einmal ein großes Hallo, mein Schatz.“

„Ich war aber die ganze Zeit hier“, schwindelte Kaya, ohne rot zu werden.

„Ich glaube, ich werde langsam alt. Ich kann dich in letzter Zeit so oft nicht finden. Eine Brille wäre da wahrscheinlich gar nicht so verkehrt.“

„So ein Quatsch, Mutti. Du bist so jung wie ein frischer Fisch“, brach es aus Kaya wie ein Wasserfall heraus.

„Ja genau, der, wenn er drei Tage liegen bleibt, dann stinkt und nicht mehr schön aussieht.“ Ihre Mutter lachte und konnte nicht mehr aufhören. An diesem Nachmittag hatte das tapfere Mädchen Loppe nicht mehr gesehen und genauso wenig vermisst. Ihre Mutter nahm sich für sie den ganzen restlichen Tag Zeit, wie schon seit langem nicht mehr. Von Brettspielen, Basteln bis hin zum gemeinsamen Kuchenbacken war alles an diesem wunderschönen Nachmittag dabei. So gut wie an diesem Tag hatte Kaya sich schon lange nicht mehr gefühlt. In ihrem Tagebuch stand auf jenem Blatt nicht das, was sie in der magischen Welt erlebt hatte, sondern wie schön es gemeinsam mit ihrer Mutter war.

# V Die dunkle Macht

# 16 Erdbeertottelises Kuchen

Immer noch im Land der Träume schwebend, verspürte Kaya auf einmal ein Kitzeln im Gesicht. Es kitzelte so sehr, dass sie erschrocken die verschlafenen Augen aufmachte und sich kerzengerade im Bett aufrichtete. Neben ihr lag eine Katze. Das muss wohl ein Traum sein. „Ja genau, so wird es wohl sein", dachte sie. Sie legte sich wieder hin, schloss die Augen und versuchte, wieder einzuschlafen, doch das Kitzeln hörte einfach nicht auf. Wie von einer Wespe gestochen saß sie zum zweiten Mal aufrecht im Bett, rieb sich rasch die Müdigkeit aus den Augen, aber diese Katze – die war immer noch da.

Zum Glück war der Augenschleier vollständig verschwunden und sie konnte endlich sehen, was für eine Katze es war. Es war Loppe. Kaya traute ihren Augen nicht, sagte jedoch zunächst nichts. Und die goldene Katze? Sie sagte genauso wenig und machte es sich in Kayas kuscheligem Kissen noch mehr gemütlich und schnurrte dabei.

„Loppe, was machst du hier?", stottere Kaya. „Wenn dich meine Eltern erwischen, dann bist du schneller weg, als du gucken kannst", sprach Kaya erstaunt und gleichzeitig erschrocken mit einer verschlafenen Stimme. Sie bewegte sich hektisch im Bett hin und her.

„Sie sind schon längst gegangen“, erwiderte Loppe halb im Schlaf. Sie drückte sich träge noch tiefer in Kayas Kissen.

„Deine Mutti gab dir einen Kuss und ging. Ich wollte dich überraschen, aber das ist mir wohl nicht gelungen, was?“, sprach die Katze ein wenig enttäuscht und gähnte dabei bei jedem zweiten Wort.

„Wenn meine Mutti die Katzenhaare sieht, dann, dann ist hier der Teufel los!“ Beunruhigt schaute Kaya sich ihr rosa Kopfkissen an.

„Schon vergessen, Uke? Ich bin doch keine gewöhnliche Katze. Meine goldenen Haare können überhaupt nicht ausgehen. Miau.“

„Entschuldige, Loppe.“ Kaya hielt sich die Hände vors Gesicht. „Das Abenteuer gestern war ziemlich heikel. Ich war mir nicht einmal mehr sicher, ob ich überhaupt nach Hause kommen würde. Ich wurde zum Nebel und sollte in die eisige Kälte ...“ Sie erzählte Loppe die Geschichte von den vierzehn Nebeln und wie schlimm das alles für sie war. Nachdem sie ihrer pelzigen Freundin alles erzählt hatte, brach sie in Tränen aus. Wie ein Wasserfall lief ihr der Augenfluss die Wangen herunter. Durchnässt wie ein Schwamm, kuschelte sich Loppe noch fester an Kaya.

„So, meine Uke“, sagte sie leise schnurrend, „wenn du so weitermachst, dann können wir hier bald schwimmen. Und du weißt bestimmt, dass Katzen Wasser nicht so gerne mögen, oder?" Kayas Gesicht erhellte sich und ein breites Lächeln zeigte sich auf ihren Lippen.

„So gefällst du mir schon viel besser."

Wortlos stand Kaya vom Bett auf, setzte sich an ihren Schreibtisch und schaute aus dem Fenster. Draußen regnete es in Strömen. Die Menschen liefen kreuz und quer durch die nassen Straßen, nur der Wind hatte seinen Spaß und riss ihnen ihre bunten Regenschirme und ihre Taschen aus den Händen heraus.

Loppe lag immer noch im Bett. Gähnend wie ein Faultier, wedelte sie mit ihrer goldenen Lunte und schaute dem verträumten Mädchen zu. Langsam wurde es Loppe zu langweilig und sie ergriff das Wort:

„Heute gibt es Kuchen, Uke. Fräulein Erdbeertotteliese hat ihn extra für dich gemacht. Sie muss dich wirklich mögen, sonst gibt sie ihren Kuchen nicht so einfach her. Aber wenn du heute keine Lust hast auf ein Abenteuer, dann kann ich das sehr gut nachvollziehen."

„Natürlich habe ich Lust", sagte Kaya freudestrahlend und drehte sich zu Loppe. „Das gestern ist schon längst vergessen."

„Bist du dir da ganz sicher, meine Uke?" Kaya nickte energisch mit dem Kopf.

„Loppe?" Kayas Gesichtsausdruck wurde auf einmal ernst. „Ich habe immer noch keinen Hinweis, wo sich unser Übeltäter befindet."

„Weißt du, Uke, deine kindliche Neugierde wird dich schon zu ihm führen. Du wirst ihn finden. Da bin ich mir ganz sicher."

„Aber wo?"

„Alles zu seiner Zeit. Verlass dich nur auf das Gefühl deines Herzens." Kaya ging kurz in sich, verinnerlichte sich Loppes Worte und fragte sogleich:

„Was war nochmal mit dem Kuchen?"

„Also, du darfst diesen Kuchen jetzt nicht ganz aufessen, die Hälfte musst du übrig lassen, sonst kommst du nicht mehr zurück nach Hause."

Kaya drehte sich zu Loppe um. „Und was würde passieren, wenn ich das Kuchenstück verliere?"

„Das darf auf keinen Fall passieren, sonst sitzt du da fest!" Nach diesen Worten verzog sich die Katze unter Kayas Bett. Und kam mit einem Stück Kuchen auf einem goldenen, quadratischen Teller wieder hervor.

„Das ist der Kuchen." Sie zeigte mit ihrer Katzennase auf den Teller. „Denk jedoch daran, nur die Hälfte jetzt aufzuessen, sonst bist du für immer in diesem Land eingeschlossen."

„Ich werde schon daran denken." Kaya erhob sich von ihren Schreibtischstuhl und ging auf das Bett zu, nahm den Teller auf und schaute sich den seltsamen Kuchen neugierig an.

„Was ist das für einer?" Sie schnupperte daran wie ein Trüffelschwein. „Hier kann man rein gar nichts erkennen. Und was ist, wenn er mir nicht schmeckt?"

Der Kuchen sah wirklich komisch aus. Es war keine Sahnetorte und auch kein Apfelkuchen, kein Windbeutel und kein Schokoladenbrocken, es war ein neuneckiges, kleines, siebenstöckiges, mit grün-weißer Creme gefülltes Stück Kuchen.

„Miau, ich habe keinen blassen Schimmer, wie er schmeckt. Fräulein Erdbeertotteliese verrät niemals ihre Geheimnisse. Beiße rein, dann wissen wir mehr."

Kaya musste sich überwinden, in den Kuchen zu beißen. Doch sie wusste, wenn sie die magische Welt von dem Übeltäter befreien wollte, dann musste sie es wohl oder übel tun.

„Niam, niam! Der ist ja richtig lecker!", sagte sie ganz erstaunt und klopfte sich auf den Bauch. Die Königin reagierte nicht auf Kayas Bemerkung, sie achtete bloß wie ein Wachhund auf Kayas Mund.

„Uke, denk wenigstens diesmal an meine Worte."

„Wenn ich eure magische Welt endlich von dem Übeltäter befreit habe, dann muss ich Fräulein Erdbeertotteliese nach diesem Rezept für meine Mutti fragen", sagte sie und mampfte weiter.

„Das wird nicht einfach für deine Mutti." Loppe schüttelte mit dem Kopf. „Kann sie etwa zaubern?"

„Nicht dass ich wüsste. Warum?"

„Diesen besonderen Kuchen kann nur ein Zauber zusammenzaubern." „Schaaa..." Sie konnte den Satz nicht mehr beenden. Das größte Abenteuer hatte bereits begonnen.

# 17 Das Land Grau

Kaya war angekommen. Zwischen ihren Zähnen steckten immer noch Kuchenreste, die sie mit den Fingern herausrupfte. Bereit für ein neues Abenteuer und das, was sie noch erwartete, schaute sie sich neugierig um. Doch außer einem sehr hohen, rabenschwarzen Stadttors, mit dicken, grauen Mauern war dort nichts anderes zu erkennen. Der Himmel über ihrem Kopf war zappenduster, wie vor einem bevorstehenden Sturm. Hier und da zeigten sich am Himmelsgewölbe gewaltige, glänzende Blitze, die wie farblose Wunderkerzen leuchteten und eine unheimliche Stimmung verursachten. Überraschend ging das Stadttor auf einmal auf. Kaya zögerte einen Moment, doch die Neugierde siegte schließlich und sie marschierte durch die dunkle Stadtpforte. Kaum setzte sie die Füße in die Stadt, da gingen die schweren Türen mit einem gespenstischen Krach hinter dem Mädchen rasant wieder zu. Kaya zuckte zusammen. Noch viel mehr erschrak sie, als sie die Einwohner sah. Es waren lange, dürre Gestalten, und ihre Kleider hingen an ihnen herunter wie nasse Wäsche. Ihre Gesichter waren schmutzig und lang. Die Augen schauten traurig durch einen hindurch und ihre Haare, wenn man überhaupt noch von

Haaren sprechen konnte, waren fade, glanzlos und ganz schrecklich zerzaust.

„Lauf! Sonst wird es dir genauso ergehen!“, sprach sie leise eine riesige, dürre Frau von der Seite an.

„Warten Sie!“, rief Kaya. „Wie meinen Sie das? Und wo bin ich hier?“ Kaya lief ihr hinterher. „Ich bin hergekommen, um Ihnen zu helfen. Ich kann nicht wieder gehen.“ Kaya hielt die Frau am Arm fest.

„Keiner kann uns helfen.“ Sanft strich die Frau über Kayas Arm und schaute sie traurig an. „Er ist so mächtig, dass sogar der Wind macht, was er will.“

„Ja, aber ...“ Die Frau hörte ihr nicht mehr zu. Sie riss sich von Kaya los, ließ sie allein stehen und ging mit großen Schritten weiter ihren Weg. Doch Kaya ließ sich nicht entmutigen und sprach einen anderen Passanten an. Der musterte Kaya mit seinem traurigen Blick. „Warten Sie bitte“, sagte sie freundlich.

„Was willst du von mir?“ Die Stimme des Mannes hatte etwas sehr Angsteinflößendes an sich.

„Wie heißt diese Stadt?“

„Das ist das *Land Grau!*“, antwortete der Mann mürrisch und ging seines Weges weiter.

„Aha. Dann weiß ich schon mal, wo ich bin“, dachte Kaya und begutachtete die Umgebung. Das *Land Grau* war von Bäumen bis zu den Häusern und Wiesen grau. Die ganze Zeit blitzte es aus allen Ecken und Seiten. Sogar auf die grauen Wiesen verirrte sich mal hier mal da ein schlammfarbiger Blitz.

Auf der linken Seite entdeckte Kaya auf einmal einen Weg, den sie, ohne zu überlegen, nahm. Nach ein paar Metern kam sie an einem Hügel vorbei und blieb neugierig stehen. Eine Menge Menschen standen dahinter versammelt und hörten jemandem zu, der sehr laut verwirrende Worte sprach.

„Ich bin eurer Herrscher! Die dunkle Langeweile!
Ihr sollt euch langweilen, bis ihr euch so richtig nutzlos und leer vorkommt! Und ich, die Langeweile, werde mich daran erfreuen, weil das ist es, was mich zum Herrscher über euch macht!"

Eine gespenstisch dunkle Stimmung lag in der Luft, die noch trister wurde. Kaya war nach diesen Worten ganz anders zu Mute und sie schoss mit raschem Tempo auf einmal in die Höhe. Da sie diesmal eine lange, gelbe Hose und einen roten Pulli anhatte, veränderten sich diese in lauter löchrige Lumpen, blieben jedoch so klein, wie sie vorher waren. Nachdem die Veränderung vollendet war, sah sie genauso aus wie all die anderen.

Mit einem Mal stand die gruselige Stimme in Person vor Kaya und grinste zufrieden.

„Oh, ich sehe, wir haben einen neuen Zugang", sagte die baumlange Langeweile, die ein Er war, zufrieden. Er schüttelte kurz an seinem, von beachtlicher Länge, wie die Nacht dunklen Fledermausmantel, zog den riesigen, pechschwarzen Hut ein wenig hoch, zeigte sein kantiges, graues Gesicht und starrte dabei das veränderte Mädchen wortlos und böse mit schwarzen, leeren Augen an.

Da sie nicht mehr sie selbst war, antwortete sie wie hypnotisiert: „Ja, Herr! Ich will Euch dienen."

„Ja, so gefällst du mir, so muss es sein. Habt ihr es alle gehört? So muss es sein!" Er klopfte dem Mädchen mit voller Wucht auf die knochige Schulter und befahl ihr, mit ihm zu kommen. Wie in Trance dackelte sie ihm hinterher, guckte nicht nach links und auch nicht nach rechts und bekam auch nicht mit, dass die Menschenmenge, die vorhin bei der Langeweile stand, ihnen nachschlich.

Immer mehr stank die rauchfarbene Luft nach Faulheit und nach faulem Fisch, doch Kaya fühlte und spürte in diesem Augenblick all das nicht. Und so gingen sie alle im Schneckentempo ein paar Meter weiter, bis der furchteinflößende Mann vor einem mächtig großen, aus schwarzen Steinen mit drei riesigen Türmen gebauten Palast stehen blieb. Er hob die linke Hand.

„Stopp! Jeder auf seinen Platz! Und du, Neuzugang, du wirst meinen schwarzen Thron jetzt putzen. Wehe dir, wenn ich etwas Helles auf ihm entdecke. Jeder helle Fleck muss weg!" Kaya verneigte sich vor der Langeweile bis zum Bauchnabel und ging in die ihr gezeigte Richtung. Obwohl der Herr ihr nicht sagte, wo sich der Thronsaal befand, wusste sie trotzdem, wo sie hinmusste. Und so nahm sie den linken Schlossflügel und lief wie vom Teufel gejagt nach oben. Viele schwarze Treppenstufen musste sie gehen. Fünf dunkle Korridore musste sie durchlaufen, bis sie endlich im Thronsaal angekommen war. Überall auf dem schmierigen, grauen Boden standen eng nebeneinander riesige menschenähnliche, rußfarbene Vasen, aus denen ein ekliger, mysteriöser Dampf herausgepustet kam. Doch das verwandelte Mädchen warf nicht einmal einen Blick auf sie. Wie schlafwandelnd ging sie direkt auf den Thron zu. Und so, als ob sie jahrelang nichts anderes getan hätte, fing sie an, mit einem schwarzen Lappen den schwarzen Thron zu putzen.

„Alle weißen Flecke müssen weg!" Wie aus dem Nichts tauchte auf einmal die Langeweile auf.

„Da ist noch ein großer heller Fleck! Mach es gründlich, sonst holen dich die Gammelgnome!" Kaya schrubbte wie ein Tier. Trotz allem bekam der Thron immer mehr helle Flecken.

„Eure Langweiligkeit!" Sie kniete auf dem Boden. „Ich tue und mache, aber es wird immer schlimmer. Die weißen Flecken werden immer mehr", sagte sie mit hoher Stimme.

„Hier stimmt etwas nicht!", schrie er wie ein bösartiger Hund. Die Langeweile ging auf das Mädchen zu, schaute sich Kaya ganz genau an und sagte dann:

„Ich glaube, ich kenne dich. Du bist nicht von hier, stimmt es?" Seine Stimme wurde immer lauter. „Dein Gesicht kommt mir irgendwie bekannt vor. Aber woher?" Er überlegte und runzelte dabei die Stirn.

„Ich kann mich aber an rein gar nichts anderes erinnern, außer an das hier", antwortete Kaya.

„Schweig!“, krähte die Langeweile ärgerlich. „Das war bestimmt die Neugierde! Die hat dich zu mir geschickt! Sprich, wenn du nicht in eine stinkende Vase verwandelt werden willst, und davon habe ich schon sehr viele!“

„Ich weiß nicht, wovon eure Langweiligkeit sprechen.“ Kaya klebte mit dem Gesicht fast am Boden.

„Die will mich zerstören, musst du ja wissen! Die hässliche weiße Neugierde! Das schafft sie aber nicht!“ Er ging sauer auf und ab. „Ich bin viel mächtiger als die weiße Nnnoo…!“ Und so lief er wütend zehnmal hin und her und sprach mit Kaya kein Wort mehr. Auf einmal blieb er stehen und schaute dem Mädchen brummig ins Gesicht, während er sich leicht über sie beugte, zog eine widerspenstige Grimasse und sagte griesgrämig:

„Ich will nicht mal den kleinsten weißen Fleck auf meinem wunderschönen schwarzen Thron da sehen! Merk dir das, du Neuzugang!“ So unauffällig wie er kam, so war er wieder weg. Nur eine gewaltige Staubwolke blieb nach seinem Verschwinden zurück, die noch eine ganze Weile in der stickigen Luft schwebte. Kaya klebte immer noch mit dem Gesicht am Boden. Es hatte ein wenig gedauert, bis sie endlich mitbekam, dass die Langeweile nicht mehr im Raum war. Erst dann erhob sie sich langsam vom Boden, nahm artig den schwarzen Lappen mit ihren riesengroßen Händen wieder auf und schrubbte so lange an dem schwarzen Thron, bis der Putzlumpen in mehrere Einzelteile zerfiel.

# 18 Die rechte Hand der weißen Neugierde

Nachdem die Putzlappenfetzen zu nichts mehr nutze waren, setzte sich Kaya gelangweilt auf den schwarzen, spitzen Thron. Sie ließ ihre spaghettilangen Arme herunterhängen wie eine nasse Gardine, und ihre langen, dünnen Hühnerbeine streckte sie weit aus. So saß sie da, halb im Liegen und halb im Sitzen, und war hundemüde vom süßen Nichtstun. Sogleich gingen ihre Froschaugen zu. Der riesige Kopf fiel ihr auf die Brust und sie versank im Sekundentakt in einen tiefen Schlaf. Allerdings war es ihr nicht vergönnt, ein langes Nickerchen zu machen, weil irgendetwas sie keine zehn Minuten später am großen Zeh zu kitzeln begann. Doch um sich auf dem Thron, auf dem sie saß, aufzurichten, hatte das verwandelte Mädchen gar keine Lust. Träge tat sie erst einmal das eine Auge auf und dann das andere und schaute im Schneckentempo zum Boden.

„Uke, du hast seine Zauberworte gehört! Uke! Hörst du mich?“, sprach eine unsichtbare Stimme sanft zu ihr.

„Verschwinde! Wer auch immer du bist!“, brüllte das Mädchen und bewegte sich dabei keinen Millimeter. Zornig schloss sie ihre Augen wieder.

„Du kennst mich nicht, aber ich kenne dich“, sprach die Stimme weiter. „Nur noch ein paar Stunden, und du wirst genauso wie all die anderen in diesem Land und für dich wird alles normal sein, was er tut.“ Die penetrante Stimme machte kurz Pause und fuhr wieder fort. „Mich sendet die gute weiße Neugierde. Die die Langeweile durch einen gemeinen Trick vor langer Zeit aus diesem Land herausgeekelt hat.“ Die Stimme zeigte endlich ihre Gestalt. Es war ein minikleines, silbernes Mädchen mit silbernen Haaren und einem silbernen Ballkleid.

„Was willst du hier?“, brüllte Kaya wieder und riss ihr linkes Auge ganz weit auf. „Ich rufe sogleich meinen Herrn, wenn du nicht auf der Stelle verschwindest!“

„Es ist schlimmer, als ich dachte“, murmelte das silberne Mädchen zu sich. Sie breitete ihre kleinen silbernen Flügel weit aus und flog direkt auf Kayas Nase zu, setzte sich auf sie und sprach:

„Uke! Uke! Hörst du mich denn?“, rief sie und pikte ihre Nasenspitze mit einem stumpfen, kleinen Stock. Und das tat sie so lange, bis das Mädchen vom Thron heruntersprang, sich wie eine nasse Katze schüttelte und dann ganz verstört fragte:

„Wo ... wo bin ich?“ Kaya schaute sich entgeistert um. Sie verstand nicht, was sie da zu suchen hatte.

Der dämmerige, kolossale Raum und die vielen menschenförmigen Vasen machten ihr eine gewaltige Gänsehaut. Verängstigt schaute sie sich ihre riesigen Hände, Beine und Füße an.

„Was ist mit mir passiert? Was ist hier los! Seit wann bin ich so riesig wie ein Haus?“, fragte sie sich selbst mit zitternder Stimme. Sie hatte Fragen über Fragen, jedoch keine Antworten. Plötzlich zuckte Kaya erschrocken zusammen. Etwas Kleines flog und summte wie eine wilde Biene vor ihrer Nase. Schielend schaute sie sich das fliegende Etwas an.

„Wer bist du? Und was mache ich hier?“, fragte sie stotternd, nachdem sie gesehen hatte, dass es keine Biene, sondern eine kleine Gestalt war.

„Alles der Reihe nach, mein Mädchen. Darf ich mich erst einmal vorstellen?“ Die kleine Gestalt verbeugte sich vor Kaya in der Luft, wie eine kleine Prinzessin.

„Ich heiße Negedi und bin die persönliche Dienerin von der weißen Neugierde. Sie hat vor ein paar weißen Tagen erfahren, dass du unserer magischen Welt hilfst.“ Sie unterbrach sich einen Augenblick und setzte sich auf Kayas Schulter, holte dreimal tief Luft, und sogleich flog sie nervös um Kayas Kopf.

„Wo war ich stehen geblieben?“ Sie rollte mit den Augen, schlug heftig mit ihren silbernen Flügeln in der Luft und schaute Kaya lustig dabei an. „Ah ja. Jetzt weiß ich es wieder.“ Aufgeregt rieb sie sich ihre kleinen, silbernen Hände. „Meine Herrin bekam auch mit, dass die Worte der Langeweile dich in deinem Herzen getroffen haben und sofort verwandelten. Und so schickte sie mich zu dir. Ich soll dir helfen, damit du wieder du wirst, und beim Besiegen der bösen Langeweile soll ich dir auch behilflich sein.“ Geduldig hörte Kaya sich das alles an und sagte dann: „Ich danke dir, dass du mir helfen willst. Und ich danke dir auch, das ich schon mal zur Hälfte ich sein darf.“ Kaya verschnaufte kurz. „Aber woher weißt du, dass er der ist, den ich suche? Vielleicht ist es etwas anderes, was eure Welt durcheinanderbringt.“ Sie stand neben dem Thron und blies ihre Wangen mit Luft auf, die sie ein und aus pustete.

„Er ist es, glaube es mir, Kleines.“

„Aber wenn das so sicher ist, wozu habt ihr mich dann gebraucht? Ihr hättet ihn doch schon längst zur Strecke bringen können, oder?“ Kaya wurde wütend. Ihr Pferdegesicht verfinsterte sich. Es sah sogar aus, als ob sie die Zähne fletschen würde. Doch Negedi blieb gelassen. Sie flog um sie herum und summte dabei leise, um sie zu beruhigen.

„Weißt du Kleines, um die Langeweile zu besiegen, braucht unsere magische Welt ein neugieriges sowie tapferes Menschenkind. Nur ein kindliches Menschenwesen kann alles rückgängig machen. Doch uns, den Märchengestalten, sind die Hände gebunden.“ Kaya war sprachlos und zugleich stolz, dass sie die Auserwählte war. Sie dachte an Loppes Worte *„... verlass dich nur auf das Gefühl deines Herzens.“* „Sie hatte recht“, dachte Kaya. Schon als sie vor der dunklen Mauer stand, hatte sie so ein seltsames Gefühl, doch sie hatte es wieder weggeschoben.

„Negedi, kannst du mir auch sagen, wie ich wieder so kurz wie früher werde?“, fragte sie, ohne ihren Blick auf das fliegende Mädchen zu richten.

„Alles zu seiner Zeit. Hab Geduld, Uke.“ Negedi klopfte Kaya auf die Schulter. „Jetzt aber genug geredet. Wir müssen erst einmal herausfinden, was die Langeweile so richtig in glühende Wut bringt. Das wäre der erste Schritt.“ Die zwei kamen in ihren Überlegungen jedoch nicht weit. Geräuschlos und plötzlich stand vor Kaya auf einmal die schwarze Langeweile da und das silberne Mädchen machte sich sofort unsichtbar.

„Mal sehen, ob mein Thron so schwarz ist, wie er sein sollte!“ Schreiend ging er mit großen Schritten auf seinen Thron zu, kniete sich auf den Boden, holte aus seinem schwarzen Mantel ein seltsames rundes, lupenähnliches kleines Teil heraus und setzte es sich auf die Nase.

„Ja. Ja. Könnte besser sein! Könnte viel besser sein!“, schrie er wieder und inspizierte dabei jeden Millimeter. Kaya tat so, als ob sie ihr eigenes Denken immer noch nicht wiedererlangt hätte. Und das machte sie so gut, dass der dunkle Herrscher von Kayas halber Verwandlung nichts mitbekam.

„Gut, fürs Erste reicht das. Jetzt kommt das Wichtigste; du kannst dich jetzt langweilen. Geh und langweile dich! Das ist ein Befehl!“ So schnell wie sie konnte lief sie aus dem dämmerigen Thronsaal heraus, blieb atemlos vor zwei Wegen stehen und überlegte scharf, ob der Gang nach links oder rechts herunterging.

Unverhofft nahm Kaya ein leises Flüstern wahr. Ängstlich schaute sie sich um und rasch atmete sie wieder auf. In einer dunklen Ecke erblickte sie die mit den Flügeln flatternde Negedi, die ihr mit der linken Hand zuwinkte und mit der rechten die Richtung zeigte.

„Hier entlang. Komm, beeile dich", flüsterte sie.

„Da bist du ja wieder. Ich dachte schon, dass du für immer weg bist", sagte Kaya glücklich, während sie dabei vor Freude hüpfte, bis die schweren, dunklen Wände wackelten.

„Ich habe es dir doch gesagt, dass ich dir helfen werde", flüsterte die Kleine. „Gesagt ist gesagt. Ich musste mich nur vor ihm verstecken. Mich unsichtbar zu machen, das ist meine Spezialität, musst du wissen." Die zwei mussten ihr Gespräch unterbrechen. Sie hörten plötzlich Stimmen, die von oben kamen. Schnell nahm Negedi Kayas rechte Hand in ihre und auf einmal schwebte das riesengroße Mädchen wie eine Feder in der Luft. Im Raketentempo überflogen die beiden fünf dunkle Korridore und die vielen dunklen Treppen und ein paar Minuten später war der Flug wieder vorbei. Kaya stand auf den Beinen und wollte schon aus dem Schloss herauslaufen, als Negedi leise zu ihr schrie:

„Stopp! Es ist schon richtig, da vorne ist der Ausgang. Doch wir dürfen uns nicht erwischen lassen von seinen Wächtern, sonst wird alles auffliegen. Also sprich mir jetzt leise nach:

*Die Rose ist rot und ich bin in Not.*

*Verstellt ist der Ausgang dort, doch ich muss jetzt hinfort.*

*Bedingungslose Unsichtbarkeit, gewähre mir Verborgenheit."*

Alles ging glatt. Die zwei wurden unsichtbar wie die Luft.

„Hast du das gespürt?", sagte ein faul auf dem Boden liegender Wächter zu seinem Kollegen.

„Was soll ich denn gespürt haben?", antwortete der andere träge und gähnte dabei.

Das unsichtbare Mädchen rannte wie der Blitz, um mit der fliegenden Negedi Schritt zu halten. Erst nach einer Viertelstunde blieb das silberne Mädchen endlich stehen.

„Uke, bist du noch da?" Negedi schaute sich um.

„Ich bin direkt neben dir", erwiderte Kaya außer Puste. Negedi sah in Kayas glühendes Gesicht. „Geht es dir auch gut?", fragte sie besorgt.

„Ja", antwortete sie kurzatmig und rot wie eine Tomate. „Mir geht es noch ganz gut, danke."

„Das freut mich aber. War ich dir auch nicht zu schnell?"

„Nein, gar nicht. Ich lebe ja noch." Kaya ließ zum Spaß ihre lange, rote Zunge heraushängen wie ein Hund.

Nach diesem anstrengenden Marathonlauf folgte endlich eine längere Pause. Erschöpft legte sich Kaya auf die dunkle, kurze Wiese, schaute sich gelangweilt den dunklen Himmel an und schlief ganz unverhofft ein. Negedi hatte große Mühe, sie wieder wach zu bekommen.

Sie schüttelte und kitzelte sie, doch Kaya schlief fest wie ein Murmeltier.

„Ja, dann muss wohl ein Zauberwörtchen her:
*Killala, killala,*
*die Sonne ist längst da.*
*Sie möchte dich anlachen,*
*drum sollst du jetzt erwachen!*"

Es passierte nichts. Negedi flog ratlos hin und her. „Vielleicht habe ich ein Wörtchen vergessen? Vielleicht war das ganz anders?" Sie war so sehr mit Nachdenken beschäftigt, dass sie nicht mitbekam, dass Kaya aufrecht auf der Felsenwiese saß.

„Was ist denn los? Ist was passiert?", fragte sie gähnend und schaute Negedi zu, wie sie hin und her flog.

„Oh, es hat doch geklappt!" Negedi klatschte vor Freude in die Hände.

„Was hat geklappt? Ist schon was passiert? Ist er besiegt?" Kaya stand auf.

„Wie? Nein." Die Kleine setzte sich auf Kayas dürre Schulter. „Du, du bist wieder auf, das ist passiert. Ich habe an dir geschüttelt und gerüttelt, doch ich bekam dich einfach nicht wach. Dann sagte ich einen Zauberspruch und du wurdest immer noch nicht wach." Sie holte tief Luft und zog an ihren silbernen Haaren. „Ich war schon fast am Verzweifeln." Kaya hatte sich gut amüsiert, das war ihr noch nie passiert. Nachdem Negedi endlich zum Punkt kam, besprachen die zwei, wie es weitergehen würde und machten sich wieder unsichtbar auf den Weg. Nach einem langen Fußmarsch durch das dunkle Land waren die zwei an ihrem Ziel, das nur Negedi kannte, angelangt. Sie standen vor einem spitzen und dunklen, kahlen und hohen Hügel.

„Da sind wir“, sagte Negedi gelassen.

Kaya warf dem silbernen Mädchen einen fragenden Blick zu.

„Wir sind wirklich da.“ Die kleine Gestalt flatterte mit ihren silbernen Flügeln in der Luft wie ein Vogel.

„Wie?“ Kaya schaute sich um. „Hier ist doch nichts.“ Negedi zeigte auf den Berg. „Und der Hügel hier, ist das etwa nichts?“

„Es ist eben nur ein Hügel. Ein hoher Hügel.“ Sie zuckte mit der Schulter.

„Genau, und da müssen wir jetzt hoch.“

Kaya verzog das Gesicht. „Ist das dein Ernst?“

„Jaaa, mein Mädchen“, erwiderte Negedi gereizt. „Alles hat seinen Grund, also auch das hier.“ Schweigend drehte sich Negedi um und flog mit raschem Tempo auf die Spitze des Hügels. Einen kurzen Moment blieb Kaya verdutzt stehen, doch sofort rannte sie los und kletterte Negedi hinterher. Oben angekommen, schaute sie sich mit großen Augen, die sich mittlerweile an die Dunkelheit gewöhnt hatten, die unten liegende graue Stadt ganz genau an. Egal ob sie nach Norden, Osten, Westen oder Süden schaute, überall sah das *Land Grau* gleich verkommen aus.

„Und was jetzt?“, fragte das Mädchen, während sie sich umschaute.

„Du hast aber ein kurzes Gedächtnis, mein Felsenkind. Also noch einmal. Du wirst wieder sichtbar und tust so, als ob du zu den Stadtlaranan gehörst. Es wird dir bestimmt nicht schwerfallen, du siehst ja immer noch aus wie sie. Und dann, dann horchst du dich um. Irgendetwas bekommen wir bestimmt schon heraus. Da bin ich mir ganz sicher.“ Das silberne Mädchen sprach einen Zauberspruch aus und Kaya wurde sichtbar.

# 19 Der wiederholte Sieg

Kaya schaute von der Hügelspitze auf die dunkle Stadt herab und erblickte auf der rechten Seite einen grauen Bauernmarkt. Widerwillig ging sie los. Da der Weg von der Bergseite, den sie nehmen wollte, ganz steil war, setzte sie sich auf ihren Po und rutschte die dunkle, harte Wiese hinunter bis vor den Marktplatz.

Lustlos und ohne Schrammen auf den Beinen, aber mit einer pechschwarzen Hose, mischte sie sich unter die einkaufenden Bewohner. Es kostete sie sehr viel Überwindung, durch den dreckigen Markt zu gehen. Ein übler Gestank von faulem Fisch und faulem Fleisch bereitete Kaya starke Übelkeit. Sie konnte nur mit vorgehaltener Hand da durchmarschieren. Hier und da entdeckte sie auch ein paar Verkaufsstände mit halb vergammeltem, farblosem Gemüse und Obst, vor dem eine lange Menschenschlange stand.

„Womit kann ich dienen? Eine Forelle vielleicht? Sie ist genau richtig. Stinkend und verfault", sagte ein langer, stinkender Mann mit kreischender Stimme, der auf Kaya zugelaufen kam. Er hielt dem schockierten Mädchen einen gammeligen Fisch vor die Nase. Kaya konnte ihr Entsetzen kaum verbergen. Dieser Gestank war viel schlimmer als der Gestank von hunderten stinkenden Socken ihres Vaters, dachte sie.

Mit verstellter Stimme und mit Übelkeit auf der Zunge tat sie vor dem Verkäufer so, als ob der Fisch genau das Richtige wäre. Und um keinen Verdacht zu erregen, nahm sie auch einen, doch als sie um eine Hausecke bog, schmiss sie den stinkenden Fisch sofort weg. Doch es war schon zu spät, ihre Haut hatte den üblen Gestank in der kurzen Zeit schon angenommen.

Das Mädchen war total aufgebracht, dass sie auch noch nach verfaultem Fisch stank. Und so ging sie noch ein paar Schritte weiter geradeaus und sah an einem großen Marktstand, neben einer Straßenlaterne eine ziemlich große Menge Einwohner stehen.

„Habt ihr schon gehört? Unser Herr hat wieder etwas vor", flüsterte einer.

„Ja. Ich habe es auch gehört. Er will die weiße Neugierde aus ihrem jetzigen weißen Reich herausekeln."

„Stimmt. Ich habe auch gehört, wie er es anstellen will."

„Erzähle, wir alle wollen es wissen", sprach eine lange, alte Frau mit einer gedämpften Stimme.

„Also ..." Ein Mann mit warzigem Gesicht schaute sich erst einmal um. Und dann fing er an, mit halblauter Stimme zu reden. „Ich habe gehört, dass unser Herr die wichtigste Helferin, also das silberne Mädchen, zum Langweilen bringen will." Jeder schaute jeden in der Gruppe an.

„Ja, das klingt langweilig. Aber er schafft es nicht. Das silberne Mädchen kann doch fliegen. Sie ist schneller als der Blitz“ stellte ein dürrer, langer Junge fest.

„Und unser Herr kann zaubern! Er schafft es! Ganz bestimmt! Wer stimmt dafür?“, fragte ein junger Mann mit einem sehr kantigen Gesicht.

Zwei stimmten dagegen.

„Was ist denn mit euch los? Seit wann seid ihr denn einer anderen Meinung?“, fragte ein faltiger, alter Mann unfreundlich.

„Es ist immer so langweilig, der gleichen Meinung zu sein. Ab heute habe ich eine andere Meinung. Aber vielleicht bin ich schon morgen der gleichen Meinung. Doch heute nicht“, antwortete ein junger, im Gesicht grau gepunkteter Mann.

„Und was ist mit deiner Meinung?“ Der alte Mann zeigte mit einem knochigen Finger auf Kaya.

„Ich wei-ß es ni-cht“, stotterte sie.

„Wieso weißt du es nicht? Wir sind das Volk der Langeweile! Doch so was müssen wir einfach wissen! Also noch einmal: Wer ist dafür, dass er es schafft?“, fragte wieder der alte Mann eisig. Kaya hatte keine Wahl. Sie stimmte dafür und der andere mit ihr.

„Ihr könnt wieder nach Hause gehen!“, brüllte ein Wächter die Menge an, der mit einem langen Stock bewaffnet war, um den Versammelten Angst zu machen.

Er stand die ganze Zeit neben einer krummen Straßenlaterne und beobachtete mit kritischem Blick die Menge.

„Die Versammlung ist hiermit beendet! Und denkt daran: Sich immer schön langweilen! Das ist der Befehl von unserem Herrscher!"

Kaya war erleichtert, dass der Auflauf beendet wurde. Noch erleichterter war sie darüber, dass sie nicht aufgeflogen war. Ohne Widerrede verstreuten sich die Langwaliana langsam in alle Richtungen, wie Ameisen auf einem Hügel. Nur der Wächter, in seiner viel zu kleinen farblosen Kleidung, blieb an der schiefen Laterne noch eine kurze Zeit stehen und beobachtete gähnend den leer werdenden Marktplatz. Nachdem der Platz leer gefegt war, ging auch er dann. Schnell wie der Wind lief Kaya zu dem spitzen Hügel zurück. Sie wollte um jeden Preis verhindern, dass die Langeweile die Kleine bekam. Allerdings hatte sie keinen blassen Schimmer, wie sie das anstellen sollte.

Sie war fast am Ziel, an der verabredeten Stelle. Da blieb sie hechelnd vor Erschöpfung stehen und blickte verwundert zum Himmel hoch. Sie entdeckte an dem grau-schwarzen Himmelskörper einen schmalen Schlitz, der einen durchdringenden, hellen Strahl durchließ. Was ist denn das? Das sieht aus wie ein Sonnenstrahl. „Vielleicht brauche ich ihn überhaupt nicht mehr zu besiegen. Vielleicht erledigt sich das alles von selbst", überlegte sie laut. Auf einmal erklang eine Glocke, die einem einen kalten Schauer über den Rücken laufen ließ. Kaya schaute sich um, doch weit und breit war keine Glocke in der Dunkelheit zu sehen. „Merkwürdig", dachte sie und wollte schon weitermarschieren, als eine ihr sehr gut bekannte Stimme sie ansprach:

„Hier bin ich. Hier oben, Uke", rief Negedi und flog über dem Mädchen.

„Du hast mich aber erschreckt." Kaya atmete tief aus. „Was machst du denn hier? Waren wir nicht auf der Hügelspitze verabredet?" Das Mädchen war irritiert.

„Ich dachte, ich fliege dir schon mal entgegen. Doch erzähle, hast du etwas in Erfahrung bringen können?" Negedi war total aufgeregt. Ihr kleines, rundes, silbernes Gesicht wurde auf einmal goldig und sie schaute Kaya erwartungsvoll an.

„Ja, ich habe etwas erfahren. Etwas, was dich betrifft ..."

„Mich?" Negedi zog überrascht eine Miene und setzte sich auf Kayas zotteliges Haar. Doch das Mädchen fand das gar nicht lustig und klatschte mit ihrer riesigen, dreckigen Hand wie mit einer Fliegenklatsche Negedi vom Kopf.

„Aua! Was machst du denn da?" Doch Kaya reagierte nicht darauf.

„Ja, dich", fuhr Kaya ernst fort. „Ich war mittendrin. Ein paar Langwaliana haben erzählt, dass die Langeweile dich dazu bringen will, dass du dich langweilst. Und ..." Negedi unterbrach sie schon wieder und schien in Gedanken versunken zu sein.

„So will er die weiße Neugierde also loswerden. Ohne mich ist sie aufgeschmissen", dachte sie laut und rümpfte die Nase dabei. „Gut gemacht, Mädchen. Ich muss das jetzt schnell meiner Herrin berichten. Warte hier. Ich bin gleich wieder da." Negedi war weg. Kaya blieb allein zurück. Da sie nichts zu tun hatte, setzte sie sich im Schneidersitz auf den kahlen Berg und sah von weitem aus wie ein spindeldürrer Riese. Auf einmal begannen die Zweifel an ihr zu nagen. Sie schaute nach links und rechts den Abhang hinunter und zum Himmel hoch. Keine Sterne. Nicht einmal kleine, zarte Wölkchen waren an diesem gruseligen Himmel zu sehen. Nur alles schwarz, schwarz, schwarz! Kayas Traurigkeit wurde durch das silberne Mädchen unterbrochen, weil sie schwuppdiwupp wieder da war.

„Warum bist du so traurig?" Sie schaute in Kayas Gesicht. „Sei glücklich, so wie ich es bin", sagte sie und tanzte in der Luft. „Das nächste Vorhaben der Langweile haben wir noch früh genug erfahren und so können wir etwas dagegen tun. Uke, Mädchen, was ist mit dir los?" Negedi hörte auf zu tanzen, flog besorgt auf das traurige Mädchen zu und setzte sich auf ihre Schulter.

„Ich will nach Hause." Kaya hatte feuchte Augen.

„Aber nicht doch. Wir sind kurz davor, ihm seine Macht zu nehmen", tröstete Negedi sie. Doch Negedis Trost gab Kaya keinen Mut. Die Tränen liefen ihr trotz allem die Wangen herunter. Es hatte nicht lange gedauert, und Kaya schlief total erschöpft im Sitzen ein.

„Hatschi! Hatschi!" Ein Niesanfall riss sie aus ihrem tiefen Schlaf heraus. „Hatschi!"

„Da bist du ja wieder. Es hat wieder mal geholfen."

„Was hast du mit mir gemacht? Ich kann ja gar nicht mehr aufhören. Hatschi! Hatschi!“

„Das war das Dundri-Fundri-Aufwachpulver. Bei Menschen darf man das Zauberwörtchen leider nur einmal gebrauchen. Darum musste ich dich mit unserem Zauberaufwachpulver anpusten. Die Menschen bringt es zum Niesen und uns bringt es gute Laune.“ Mit großem Krach sauste unerwartet etwas sehr Lautes am Himmel entlang.

„Außerdem schlaft ihr Menschen sowieso viel zu viel!“, regte sich die kleine Person wie aus heiterem Himmel auf und schimpfte. „So was gibt es bei uns nicht! In unserem weißen Land gibt es nur die Wachen, die vor Neugierde platzen!“, schrie das kleine Persönchen weiter.

„Wir Menschen müssen schlafen, sonst haben wir keine Kraft. Das liegt in unserer Natur. Hatschi!“, erklärte Kaya.

„Jetzt habe ich keine Lust mehr! Ich gehe jetzt schlafen, wecke mich bloß nicht auf!“ Negedi wurde noch seltsamer.

„Negedi, was ist mit dir?“ Erschrocken erhob sich das riesige Mädchen schleunigst vom Boden und lief auf das silberne Mädchen zu. Plötzlich hörten Negedis Flügel auf zu flattern und sie fiel wie ein Stein herunter auf den dunklen Boden.

„Was ist mit dir los, antworte doch!“ Kaya war den Tränen nah. Sie ging auf die Knie, beugte sich über das Mädchen und rüttelte ganz behutsam an ihr. Doch Negedi blieb stumm.

„Kwe! Kwe!“, kamen plötzlich außergewöhnliche Geräusche von der auf dem Boden liegenden, silbernen Gestalt. Kaya, die ihre langen Arme voller Traurigkeit über den Kopf geschlagen hatte, hob ihn hoch und wischte sich erleichtert ihre Krokodilstränen ab.

„Negedi, geht es dir wieder gut?“ Sie beugte sich wieder über sie. „Was ist gerade passiert?“

„Was soll denn passiert sein? Nichts!“, sagte die Kleine mit einer scheußlich unfreundlichen Stimme. „Ich rede nicht mit Verrätern! Ich will mich jetzt langweilen! Also verschwinde!“

„Negedi, er hat es doch geschafft! Du bist nicht mehr du selbst. Negedi!“ Kaya war fassungslos. Das fliegende Mädchen stand auf und fing an, sich überraschend zu verändern. Ihre kleine Gestalt wurde mit jeder Sekunde länger. Die Flügel verschwanden und ihr silbernes Kleid wurde schwarz wie Pech. Ein paar Minuten später wurde aus der hübschen Negedi eine hässliche, dürre und ausdruckslose Gestalt.

„Schau, was mit dir passiert ist! Negedi, wach doch auf! Du bist doch die rechte Hand der weißen Neugierde. Negedi, bitte!“ Kaya bettelte und heulte wie ein Wolf. Sie versuchte, Negedi aufzuhalten, doch die stieß sie mit einem kräftigen Schubs wieder weg.

*„Sich zu langweilen,*
*das ist das Beste,*
*was es nur geben kann.“*

*Sich zu langweilen ...*" Schreiend sang Negedi immer wieder das gleiche Lied und marschierte geradewegs in die Stadt.

# 20 Der Sonnenstrahl

Kaya war verzweifelt. Sie stand da wie bestellt und nicht abgeholt. „Alles läuft schief! Aber wirklich alles!“ Vor lauter Traurigkeit fing ihr die große Nase an zu laufen. Ohne lange zu überlegen, nahm Kaya ihren mittlerweile verdreckten Pulli hoch und wischte den verrotzten Zinken damit ab.

„Uke!“, hörte sie auf einmal ihren Namen.

„Wer ist da?“ Das traurige Mädchen schaute sich in der grauen Umgebung um. Sie hatte keine Lust mehr auf Überraschungen.

„Ich bin es. Die weiße Neugierde“, antwortete die Stimme warmherzig.

„Ich kann dich nicht sehen. Wo bist du?“ Kaya drehte den Kopf hin und her.

„Hier oben! Hier oben bin ich. Siehst du den hellen Strahl an dem dunklen Himmel? Das bin ich.“ Von Neugier erfüllt, richtete Kaya ihren Blick nach oben. Und tatsächlich: Der Strahl am Himmel wurde immer greller und sie konnte zusehen, wie er sich in eine Menschengestalt verwandelte.

„Das bist du?“, fragte sie mit ganz weit aufgerissenen Augen. „Ich dachte, dass das bloß ein Sonnenstrahl sei.“

„Die Neugierde, mein Kind, ist schön wie ein Sonnenstrahl. Da gibt es keinen besseren Vergleich." Mittlerweile stand die Neugierde als wunderschöne Frau vor ihr. Ihr schimmerndes langes, weißes Kleid leuchtete wie die Sonne. Und ihre weißen, bodenlangen Haare schwebten sanft in der Luft und versprühten kleine Glitzerfunken. Durch die leuchtende Dame erhellte sich die Umgebung. So konnte Kaya den Hügel, auf dem sie stand, jetzt ganz deutlich erkennen. Er war nicht, wie sie dachte, mit Wiese bewachsen, sondern hatte kleine und dunkle, runde, pickelähnliche, eklige Pusteln. Ein kalter Schauer lief Kaya den Rücken herunter bei diesem Anblick. Die schöne Dame bemerkte es und versuchte sie sogleich abzulenken.

„Viel Zeit haben wir nicht, aber einen kleinen Moment für eine Geschichte nehmen wir uns." Die Neugierde nahm die riesige, dürre Kaya an die Hand und schritt mit ihr auf zwei schwarze Steine zu, die nur ein paar Schritte weiter von ihnen lagen. Wie eine Feder setzte sich die Dame auf einen von ihnen und erzählte Kaya, wie es damals war; dass sie schon seit geraumer Zeit versuchte, die schwarze Langeweile zu besiegen, doch sie zäh sei wie Leder und hart wie ein Diamant. Kaum dass die leuchtende Dame ihre kurze Erzählung beendete, da fiel Kaya schlagartig das silberne Mädchen ein.

„Negedi, die Negedi! Die habe ich total vergessen!", schrie sie auf einmal und wedelte hektisch mit den langen

Armen. Dann sprang sie unbeholfen vom schwarzen Stein herunter und lief den Berg hoch und runter.

„Was wird aus ihr? Können wir ihr noch helfen?“, fragte sie, als sie gerade oben war.

„Wir kriegen sie wieder zurück. Keine Angst. Beruhige dich wieder.“ Doch Kaya ließ sich überhaupt nicht beruhigen. Sie konnte nicht glauben, dass die Neugierde so gelassen bleiben konnte. Es ging doch um ihre rechte Hand!

Die leuchtende Dame schaute der hin und her laufenden Kaya ganz perplex hinterher und verstand nicht, wieso sich das Mädchen so benahm.

„Na komm. Kopf hoch. Wir kriegen sie schon wieder entzaubert. Vertrau mir, Kind“, rief sie ihr mit sanfter Stimme hinterher, als Kaya schon wieder nach unten lief. Endlich blieb das Mädchen stehen. Ihre schwarzen Haare standen wie auf einen Draht gewickelt nach oben ab und ihre Ohren flatterten wie aufgezogen. Obwohl sie zwanzigmal hoch und runter lief, war sie seltsamerweise schnell wieder munter.

„Uke, es wird Zeit“, erinnerte die Neugierde das Mädchen, als es vor ihr stand. „Es wird langsam Zeit. Ich und du gegen die Langeweile und für das Land der Grauen.“ Die weiße Dame berührte das Mädchen an der Schulter, drehte den Kopf zur Seite und ein Sternenstaub flog auf einmal auf Kayas schwarzen, zerzausten Lockenschopf.

„Ist alles wieder gut?“, fragte die Neugierde leise. Sie legte liebevoll ihre Arme um Kaya und drückte sie fest.

Doch sogleich musste sie das Mädchen wieder loslassen, weil der Sternenstaub am Wegfliegen war. Schnell sprang die Neugierde in die Luft und sammelte flink das glänzende Pulver in der grauen Luft, nahm vorsichtig Kayas Hand in ihre und schüttete den zauberhaften Sternenstaub darein.

„Was soll ich damit?", fragte Kaya verwundert.

„Das soll dir Glück und Zufriedenheit bringen." Neugierig öffnete Kaya die Hand. Der sonderbare Staub war immer noch da und wärmte sie wie ein Sonnenschein. Kayas Mundwinkel gingen endlich nach oben und man konnte ihre wunderschönen weißen Zähne sehen, die als Einzige so blieben, wie sie zuvor waren. Und ihre verwandelte Vogelscheuchen-Gestalt war trotz der Hässlichkeit durch das herzliche Lächeln wieder schön.

„Aber wie wollen wir das machen, ohne einen Plan?"

„Du hast recht. Das ist mir noch gar nicht aufgefallen", sagte die Neugierde. „Ich bin nur die Neugierde und du bist hier das Genie. Jetzt kannst du mir mal zeigen, was in deinem klugen Köpfchen so alles steckt."

Kaya fühlte sich geschmeichelt. Aufgeregt stopfte sie sich ihre beiden langen, knochigen Zeigefinger in die Ohren, machte die Augen zu und versuchte sich auf die schwierige Aufgabe zu konzentrieren.

# 21 Die Verwandlung

Auf ein paar gute Einfälle musste Kaya nicht lange warten. Doch sie fand, dass nichts richtig Passendes dabei war. Aber auf einmal war sie da: die Superidee. Kaya sprang wie wild vom Stein auf.

„Ich habe eine Idee! Ich habe eine Idee!“, schrie sie fröhlich und sprang umher. „Das ist die allerbeste Idee, die ich je hatte!“

„Komm, erzähle.“ Kaya ließ sich nicht zweimal bitten. „Du, als Neugierde, gibst deinem Volk alle möglichen Sachen, die neugierig machen, wie Spiele, Fahrräder, Bälle usw. Alles, womit man sich beschäftigen kann. Na, was sagst du dazu?“ Kaya strahlte über beide Backen.

„Eine sehr neugierig machende Idee. Toll!“ Begeistert klatschte die weiße Dame in die Hände. „Dann wollen wir mal keine Zeit verlieren.“

Und schon rief die Neugierde verschiedene Zaubersprüche aus und drehte sich dabei wie ein Wirbelsturm im Kreis. Plötzlich waren aus allen Richtungen seltsam klingende Schreie zu hören, von denen man nicht genau sagen konnte, ob es Freuden- oder Trauerschreie waren. Kaya war das alles nicht geheuer. Sie hielt sich mit ihren riesigen Händen ihre riesigen Ohren zu, kniff die Augen ganz fest zusammen und hoffte, dass der Spuk bald von ganz allein sein Ende nehmen würde.

„Komm, steh auf, Uke." Die Neugierde stupste das Mädchen an. „Du musst dich jetzt in die Stadt begeben. Vielleicht brauchen die Einwohner jetzt ein wenig Hilfe."

„Wieso Hilfe? Und wieso ich?", fragte Kaya nicht sehr begeistert. Sie bettelte beinahe, nicht dahin zu müssen. „Vielleicht ist das jetzt ihre Nacht und die meisten schlafen noch. Könnten wir nicht noch ein Weilchen warten?" Kaya machte ein Engelsgesicht und klimperte dabei mit ihren langen, dunklen Wimpern.

„Nein, mein Kind! Die Langwaliana schlafen doch immer, und egal wo und wann. Außerdem: Die Sachen, die neugierig machen, könnten sie zu sehr überfordern. Und das wäre das Gegenteil von dem, was wir erreichen wollen."

„Da könntest du recht haben", sagte Kaya leise enttäuscht, dass ihre Argumente nicht ausreichten. „Aber was mache ich denn, wenn ..." Sie konnte ihren Satz nicht mehr beenden, weil ihre Beine sich plötzlich selbstständig in Bewegung setzten.

„Hilfe! Hilfe! Was passiert hier?"

„Keine Angst, mein Kind", rief die Neugierde, so laut, wie eine Trompete spielt, ihr hinterher. „Das war ich! Ich habe deiner Nasenspitze angesehen, dass du es nicht so gerne tun willst! Da habe ich ein wenig nachgeholfen! Verzeih mir!" Doch Kaya bekam das alles nicht mehr mit. Ihre Beine liefen und liefen. Ihre Kräfte ließen immer mehr nach, doch die langen Beine liefen gnadenlos weiter. Da half kein Fluchen und kein Schimpfen. Sie blieben erst vor einer wild herumlaufenden und schreienden Menschenmenge vor einer schwarzen Wiese stehen.

„Was ist das?“, schrie eine Frau aufgebracht, die vor einem roten Fahrrad stand und nicht wusste, was sie damit anfangen sollte.

„D-a, d-a ...“, stotterte ein alter grauhaariger Mann, „da liegen komische bunte Kisten auf unserer schwarzen Wiese! Seht ihr die?“ Doch jeder war mit seiner eigenen Entdeckung beschäftigt und keiner hörte ihm zu.

„Nein, nein, nein! Das ist das Ende!“, schrie ein anderer alter Mann und rupfte sich dabei seine grauen Haare vom Kopf.

„Mama! Mama! Was ist das? Das ist so rund wie unser grauer Mond. Doch das hier ist nicht grau, warum?“, fragte ein kleiner Junge, der sich sehr interessiert einem bunten Ball vorsichtig näherte.

„Lass es!“, schrie ihm seine Mutter ängstlich hinterher.

„Warum? Der ist so schön. Da muss ich einfach hin und es haben.“

Kaya stand immer noch da, wo ihre Beine sie hingebracht hatten. Sie war von dem, was auf der schwarzen Wiese passierte, überwältigt. Der Junge, der den bunten Ball berührte, veränderte sich mit jeder Sekunde mehr. Seine lange, dürre Gestalt verwandelte sich in einen kleinen, dunkelhaarigen, aufgeweckten und hübschen Jungen. Seine Mutter, die vor einer Nähmaschine stand und sie vorsichtig von allen Seiten betrachtete, traute sich schließlich doch und berührte sie. Und auch da passierte das, worauf Kaya und die Neugierde hofften. Ihre Gestalt wurde kleiner und kleiner und sie strahlte nur so vor Schönheit. Kaya nahm ihren ganzen Mut zusammen und ging den Hügel herunter und mischte sich unter die Menge. Von weitem erblickte sie Negedi und blieb stehen. Sie war neugierig, ob das Gleiche mit dem silbernen Mädchen passieren würde. Sie sah zu, wie sich Negedi ein sehr interessantes Ding anschaute. Es war eine in einem blauen Kleid auf einem kleinen Stuhl sitzende kleine Puppe. Doch um den Zauber zu brechen, musste sie sie berühren. Das silberne Mädchen zögerte. Es sah aus, als ob sie Angst davor hätte. Mal streckte sie ihren Arm in Richtung des Spielzeugs aus, dann zog sie ihn wieder zurück. Und das tat sie so lange, bis die Neugierde schließlich doch siegte. Und auch sie verwandelte sich in jenem Augenblick wieder in ihre kleine Gestalt zurück und flog, ohne Kaya entdeckt zu haben, fröhlich davon. Mit jeder Verwandlung wurde auch der düstere Himmel heller. Immer mehr verwandelte Langwaliana kamen Kaya entgegen. Bloß sie sah immer noch aus wie eine wandelnde Vogelscheuche.

# 22 Der Abschied

Mit einem Mal stand Kaya vor dem schwarzen Palast der Langeweile, der mittlerweile viele weiße Flecken hatte. Der Palast sah nicht mehr zum Fürchten aus und die Palastwache war auch nicht mehr auf ihren Plätzen. Auch hier lagen überall Spielzeuge und noch vieles mehr. Kaya schaute sich um. Plötzlich entdeckte sie von weitem zwischen den ganzen Sachen etwas, was sie schon immer haben wollte. Es war eine sprechende Puppe. Sie lief mit großen Schritten auf sie zu. Ohne zu zögern nahm sie die Porzellanpuppe mit einem lächeln in ihre langen Arme und ließ sie erschrocken wieder fallen. „Was ist hier los?“, schrie sie ganz entsetzt mit Tränen in den Augen. „Wieso funktioniert das bei mir nicht? Wieso bin ich immer noch so lang und so hässlich?“ Doch keiner war da, der ihr antworten konnte. Traurig ließ sie die Puppe auf der mittlerweile grünen Wiese liegen und ging wie ein Trauerkloß auf das fleckige Gemäuer zu. Sie setzte sich auf eine fleckige Stufe und weinte verzweifelt. Auch hier lagen verschiedene neugierig machende Sachen herum, aber es war keiner mehr da, der sich für sie interessierte. Es dauerte nicht lange und die Stille wurde plötzlich durch die Stimme von der schwarzen Langeweile gestört. Er schimpfte, schrie und tobte. Kaya sprang erschrocken auf und versteckte sich hinter einer Säule. Die Langeweile kam immer näher und mit ihm ein ekliger, eiskalter Gestank. Kaya musste plötzlich laut niesen.

„Wer ist da?“, brüllte die Langeweile. Kaya gab sich nicht zu erkennen. „Wenn ich denjenigen erwische, dann wird er zu, zu ...“ Egal wie er sich auch anstrengte, aus seinem Mund kam kein einziges Wort mehr heraus. Draußen verschwand vollständig die Dunkelheit und der blaue Himmel erschien. Die Wiesen waren wieder grün und man konnte den Grashalmen sogar beim Wachsen zusehen. Der graue Mond verwandelte sich in eine strahlende Sonne und die Bewohner sangen fröhliche Lieder und tanzten dabei. Die Langeweile veränderte sich auch. Seine mächtige Gestalt fing zu schrumpfen an. Sein Mantel und sein Hut bekamen weiße Flecken sowie auch sein Gesicht. Nachdem er bemerkte, was mit ihm geschah, fing er an zu weinen. Kaya tat er auf einmal leid. Sie sprang aus ihrem Versteck heraus und ging auf die heulende Langeweile zu.

„Warum weinst du?“, fragte sie liebevoll, obwohl sie selbst ganz traurig war. „Ist doch alles gar nicht so schlimm.“

„Du, der Neuzugang?“, fragte er ganz erstaunt mit einer Stimme, die gar nicht zu ihm passte. „Was machst du denn noch hier? Meine Herrschaft ist vorbei. Ich brauch keine Untertanen mehr. Verschwinde hier, aber schleunigst!“

„Schau doch mal“, sagte Kaya ruhig und zeigte mit der Hand nach draußen, „da draußen sieht es doch jetzt viel schöner aus als vorher, oder?“

„Nein!“, antwortete er fauchend wie eine Katze, „die Farbe der Langeweile ist grau! Und nochmal grau!“

„Langeweile, darf ich dich etwas fragen?“

„Ja!“, antwortete er mürrisch. „Was denn?“

„Warum hast du die halbe magische Welt so durcheinandergebracht?“

„Ja, weil mir langweilig war!“, antwortete er knapp.

„Und das ist deine Antwort?“ Kaya war erschrocken.

„Jaaa! Und jetzt ist alles vorbei!“ Wieder fing er an zu heulen wie ein Schlossgespenst und das Mädchen kam nicht mehr zu ihren weiteren Fragen.

Von weitem entdeckte sie plötzlich ein buntes Taschentuch mit aufgemalten Schmetterlingen. Sie holte es und wischte der Langeweile die Tränen ab. Als seine Tränen auf das Taschentuch fielen, erwachten die Schmetterlinge zum Leben und flatterten um die beiden herum. Das gefiel der Langeweile so sehr, dass seine Mundwinkel das erste Mal nach oben gingen. Er lachte und freute sich wie ein Kind und schien vergessen zu haben, wer er eigentlich war.

„Wollen wir beide vielleicht etwas spielen?“, fragte Kaya leise.

„Wieso nicht? Ich habe verloren. Auch die Langeweile kann mal Neugierde zeigen. Oder?“ Kaya schaute sich um und entdeckte von weitem ein großes Mikado. Ohne lange zu überlegen, holte sie es. Die zwei setzten sich nach draußen auf die grüne Wiese, spielten, lachten und hatten viel Spaß miteinander. Und Kayas Gestalt wurde endlich, ohne dass sie etwas mitbekam, wieder normal. Die zwei waren so sehr mit Spielen beschäftigt, dass keiner von den beiden die Neugierde mit der Negedi wahrnahm.

„Uke! Uke! Uke!", rief die weiße Neugierde dreimal leise, bis sie endlich entdeckt wurde. Das Mädchen schaute nach oben und sprang wie eine Gazelle hoch.

„Ich möchte mich bei dir aus tiefstem Herzen im Namen der Bewohner des *Landes Grau* und der ganzen magischen Welt bedanken", fing die Neugierde an, „für alles, was du für uns getan hast. Das war einfach überwältigend." Die Neugierde kam ins Schwärmen.

„Ja, überwältigend", wiederholte Negedi wie ein Echo.

Verlegen und mit einem breiten Grinsen schaute Kaya zum Boden. „Das habe ich doch gerne gemacht." Sie holte tief Luft und fragte: „Sehe ich euch wieder?"

„Ganz bestimmt." Die weiße Neugierde warf Kaya einen Luftkuss zu und sie beide waren wieder weg, wie sie auch kamen. Ein wenig traurig wandte sich Kaya der Langeweile zu und blieb so lange bei ihm, bis er gelernt hatte, was Spaß im Leben heißt. In die Stadt, die in verschiedensten Farben glänzte, ging sie jeden Tag mit ihm und jeder Bewohner freute sich über die beiden.

In der Zwischenzeit war ihr die alte Langeweile so richtig ans Herz gewachsen, doch sie wusste, dass sie sich irgendwann einmal verabschieden mussten.

Kaya schaffte es auch, dass die weiße Neugierde und die mittlerweile gepunktete, schwarz-weiße Langeweile richtig gute Freunde wurden und in dem gefleckten Palast ihr gemeinsames Zuhause fanden. Nachdem auch dieses Land gerettet war und die Langeweile das Neugierigsein gelernt hatte, war es Kaya irgendwann einmal eingefallen, dass sie schon längst zu Hause hätte sein müssen. Liebevoll verabschiedete sie sich von dem alten Greis und von der Neugierde, am dreißigsten Sonnentag vor dem fleckigen Schloss.

„Mach's gut, Großvater", sagte sie traurig. „Und macht es gut, weiße Neugierde und Negedi. Es war schön bei euch."

„Mach es gut, mein Kind", erwiderte die Langeweile genauso traurig und zog ganz laut mit der Nase. „Und danke für alles. Doch musst du wirklich gehen? Bleib doch hier. Bei uns. Bei mir." Er bettelte wie ein Kind. Eine Träne nach der anderen lief ihm die knochigen Wangen herunter. Vor lauter Traurigkeit konnte er sich kaum auf den Beinen halten.

„Mach es gut, tapferes Menschenkind. Wir werden dich sehr vermissen", sagte die Neugierde zu Kaya und warf ihr einen Luftkuss zu.

„Ich euch auch", wisperte Kaya, „aber meine Eltern warten bestimmt schon auf mich." Sie wischte sich wimmernd die laufende Nase.

„Komm, umarme den alten Fleckigen noch einmal, sonst weichen ihn seine Tränen noch ein", versuchte die

Neugierde die gedrückte Stimmung aufzulockern. Kaya ließ sich das nicht zweimal sagen. Schnell machte sie einen großen Schritt in die Richtung der Langeweile und umarmte ihn kräftig, dass er wie ein Schweinchen quietschen musste.

Kaya ging und drehte sich nicht mehr um. Vorsichtig tastete sie den Inhalt ihrer Hosentasche ab. Das Kuchenstück, das sie nach Hause bringen sollte, war immer noch da. Immer noch frisch, wie am ersten Tag. Schnell aß sie es auf. Und genauso schnell war sie wieder zu Hause und landete weich im Wohnzimmer auf dem weißen Sofa. Neugierig schaute sie auf die blaue Wanduhr. Es war Mittagszeit, Punkt zwölf Uhr. Kaum angekommen und nicht einmal Luft geholt, miaute es schon. Kaya drehte sich zum Bild um.

„Loppe? Bist du das?“, fragte Kaya freudestrahlend.

„Ich gratuliere, Uke. Du hast es geschafft. Wir sind ganz stolz auf dich! Der Übeltäter ist besiegt, oder anders gesagt: er ist nicht mehr er selbst. Bravo!“ Loppe klatschte in ihre goldenen Pfoten und sprang aus dem Bild heraus, direkt vor Kayas Füße.

„Und was jetzt? Ist jetzt alles zu Ende?“, fragte die Heldin Loppe, ihr tief in die grünen Augen schauend. Sie hoffte, dass es nicht so sein würde.

„Nein, mein Kind. Erst jetzt geht es los. Wo alles jetzt in allerbester Ordnung ist, geht es erst richtig los!“, sang die goldene Katze fröhlich und tanzte auf ihren Hinterbeinen.

„Was meinst du damit?“, unterbrach Kaya Loppe. Sie war ganz verdutzt.

„Ja, die Abenteuer. Dafür brauchst du keinen Zaubertrank und auch keinen Zauberkuchen. Und nicht einmal mich dafür. Du sprichst bloß diesen Zauberspruch: *„Tulpen und Mimosen, ich möchte rein mit meinen eigenen Hosen. Rosen und Ranunkeln, lass mich rein in die Welt der Zauberfunken.“* Mit diesen Worten kommst du auf die Fensterbank ins Bild. Und von da kannst du überall dorthin, wo deine Neugierde dich hinziehen wird. Du kannst auch, wenn du willst, deine allerbeste Freundin in unsere Welt mitbringen, doch bei einer muss es bleiben.“

Mittlerweile saß Loppe Kaya gegenüber auf dem weißen Sofa.

„Was meinst du damit?“, erkundigte sich das Mädchen verwundert. Sie verstand es nicht so ganz.

„Das erzähle ich dir, wenn du mich in meinem Reich besuchen kommst. Jetzt ist es jedoch Zeit. Noch einmal bedanke ich mich im Namen von uns allen ganz herzlich bei dir. Und ich hoffe, dass du dich der Langeweile nie wieder so ausliefern wirst, die sehr gefährlich sein kann, wie du es gesehen hast.“ Die Königin von Katzien gab Kaya einen überraschenden Katzenkuss. Anschließend klatschte sie dreimal in die goldenen Pfoten und eine rot-weiße Medaille fand sich auf Kayas Schoß.

„Das ist ein Geschenk von der magischen Welt hinter dem verzauberten Fenster für dich. Es ist ein besonderes Geschenk, Uke.“

Mit diesen letzten Worten fing sich Loppe an Stück für Stück langsam aufzulösen. Nur ihr liebevolles breites Lächeln verschwand zuletzt.

Mit zittrigen Händen und mit ein paar Tränen in den Augen nahm Kaya die Medaille von ihrem Schoß, auf der mit goldenen Buchstaben geschrieben stand: *„Für unsere Heldin, die uns die Freude und das Glück zurückgebracht hat.“* Sie drehte die Medaille um, und da stand: *„Bis bald“* und *„Drehe es wieder um“*. Hektisch drehte Kaya das runde Ding um, und dort stand: *„Nur nicht weinen, wir sehen uns doch bald.“* Der Satz zauberte Kaya ein breites Lächeln ins Gesicht. Sie rutschte vom Sofa hinunter auf den Boden und richtete ihren Blick auf das Bild. Loppes Platz war bereits besetzt von einer himmelblauen Vase mit Blumen. Ihre Blüten auf langen Stielen leuchteten in Regenbogenfarben wie Diamanten im Schnee. Es waren keine Rosen und keine Päonien, auch keine Sonnenblumen. Es waren die schönsten und auch die ungewöhnlichsten Blumen der magischen Welt.